Juste un millionnaire

UNE NOVELLA SINCLAIR

J. S. SCOTT

Dédicace

Ce livre est dédié à ma Street Team fantastique et généreuse, les Jan's Gems, ainsi que leur cheffe intrépide, Natalie.

Je pense avoir la meilleure équipe qui puisse exister. Je ne suis peut-être pas impartiale, mais je ne pourrais imaginer meilleur groupe de femmes pour me soutenir avec amitié et intelligence.

Merci pour tout ce que vous faites au quotidien pour m'aider à promouvoir mes livres.

Xxx Jan

Sommaire

Chapitre 1 1
Chapitre 2 7
Chapitre 3 15
Chapitre 4 22
Chapitre 5 30
Chapitre 6 38
Chapitre 7 45
Chapitre 8 52
Chapitre 9 59
Chapitre 10 67
Chapitre 11 75
Chapitre 12 82
Chapitre 13 89
Chapitre 14 99
Chapitre 15 109
Chapitre 16 119
Chapitre 17 128
Chapitre 18 135
Épilogue 139

Chapitre 1

Brooke

Je vivais une vie de mensonges, et j'en détestais chaque instant.

Enfin, il y avait peut-être une exception.

Liam Sullivan.

Mon patron était la seule chose qui faisait que mon déménagement temporaire sur la côte est en valait la peine.

Vraiment, j'aimais la ville côtière d'Amesport, même si je n'étais qu'une résidente éphémère. Les habitants étaient amicaux, et je me fichais d'être serveuse et de faire tout ce qui était nécessaire pour aider le petit restaurant où je travaillais.

Je haïssais simplement les *mensonges*

J'avais quitté la Californie pour aller dans le Maine parce que j'y avais été obligée moins d'un an auparavant. Maintenant, j'étais prête à laisser tomber les faux-semblants et à être moi-même à nouveau.

Il n'y avait qu'un seul problème, et cette tromperie était celle que je regrettais le plus.

Liam Sullivan.

Mon patron, le propriétaire de Sullivan's Steak and Seafood, était un dieu. Il était grand, blond, et hantait chacun de mes fantasmes depuis que je l'avais rencontré. Malheureusement, mes rêves n'étaient pas devenus moins torrides au fil des mois.

Je soupirai et m'appuyai contre le dossier du fauteuil de Liam. À mon immense regret, il n'était pas dans le petit bureau du restaurant avec moi. Il était encore tôt, ce matin, et les portes n'ouvriraient pas avant l'après-midi. Les horaires étaient toujours ceux de la basse saison à Sullivan's, puisque le printemps débutait seulement. Liam Sullivan n'était donc pas encore arrivé au restaurant.

— C'est presque terminé, chuchotai-je en me parlant à moi-même.

Je bus ensuite une grande gorgée de café. J'avais fait couler toute une cafetière, et j'en prenais déjà les ultimes gouttes.

— Je retournerai bientôt en Californie.

Je devais me concentrer sur mon départ pour la maison. Ces derniers mois, c'était la seule chose qui m'avait permis de rester saine d'esprit.

Les *mensonges* avaient dû continuer, même une fois que Liam avait admis, il y avait de ça plusieurs mois, qu'il me désirait. Et ce personnage inventé que j'incarnais me rongeait.

Que pouvais-je faire d'autre ? Je ne pouvais pas lui avouer la vérité.

Dans la vraie vie, je n'avais pas de petit ami. Le visiteur que Liam avait vu, et qu'il avait supposé être mon copain, n'était que mon frère, Noah, ramené sur la côte est par le milliardaire Evan Sinclair. Evan, qui résidait de façon permanente à Amesport, était ami avec mon frère. Il avait été d'accord pour m'aider à m'échapper de Californie quand j'avais eu besoin de fuir ma maison à l'ouest.

Je lui en étais reconnaissante, mais je regrettais le fait de devoir dissimuler qui j'étais vraiment.

Liam connaissait une Brooke qui n'avait jamais réellement existé.

Non pas que je lui avais souvent menti, si je pouvais m'en passer, mais j'avais été incapable de lui avouer que l'homme qui me rendait visite depuis la Californie était en réalité mon frère.

Liam m'avait offert un travail sans en savoir beaucoup sur mon histoire. Evan lui avait demandé de m'embaucher, et Liam avait donné son accord après avoir lu mon CV.

Le marché entre mon frère et Evan avait été simple.

Faire profil bas.

Ne rien dire de ma véritable identité.

Et ne pas attirer l'attention sur moi.

Je ne pouvais briser la promesse que j'avais faite aux personnes qui m'avaient aidée quand j'étais désespérée à l'idée de quitter la Californie. Ils avaient établi ces règles pour que je reste en sécurité.

Je bus une autre gorgée de café. C'était ma dernière tasse, donc je savais que je devais en refaire couler. J'allais en avoir besoin.

Je bâillai malgré ma grande prise de caféine, puis j'essayai de me concentrer sur les finances du restaurant Sullivan's Steak and Seafood. Liam était peut-être un homme d'affaires excellent à bien des égards, mais il détestait faire les comptes et s'intéresser aux impôts. J'étais douée avec les nombres, donc j'avais commencé à m'occuper de ça des mois plus tôt.

Arriver ici à l'aube n'avait rien à voir avec ma charge de travail, c'était seulement en rapport avec mon retour en Californie. Je n'avais pas encore dit à Liam que je partais, et cela me causait de sévères insomnies. J'avais été incapable de dormir, donc j'étais venue pour faire les comptes. Mais il n'y avait aucune urgence. J'avais presque tout fini, à part ce mois-ci. J'avais eu besoin de quelque chose pour m'occuper.

Il s'en moquera si je rentre à la maison.

Depuis que Liam avait admis que je l'attirais sexuellement, et que j'avais ensuite confessé que j'avais également envie de lui, nous avions été assez distants. La conversation ne s'était pas bien terminée. Oui, je le voyais presque tous les jours. Nous parlions de choses et d'autres, quand il était d'humeur, et nous discutions des problèmes du restaurant. Autrement, nous n'avions plus rien partagé.

Il pensait que j'avais un petit ami, et Liam étant Liam, il s'était éloigné à l'instant où il s'était rendu compte qu'il en avait trop dit.

Honnêtement, j'avais été assez choquée qu'il croie que mon frère puisse être mon partenaire romantique, mais j'avais dû faire avec. Si je niais ses suppositions, Liam commencerait peut-être à poser plus de questions, et il y avait des choses que j'avais été incapable d'expliquer… jusqu'à maintenant.

Puisque la crise était finie et que je retournais à la maison, cela n'avait pas d'importance s'il découvrait qui j'étais. Je ne prévoyais tout de même pas de lui raconter l'entière vérité. Il pourrait me mépriser d'avoir fait semblant d'être en couple, mais il me détesterait encore plus parce que je lui avais menti.

J'allais simplement partir. Il valait mieux qu'il pense que j'avais eu un moment de faiblesse, plutôt que de l'informer que mon existence à Amesport était un mensonge. Aux yeux de Liam, j'avais fait mon travail, et même plus. La raison pour laquelle j'avais passé près d'un an sur la côte est, alors que ma maison était en Californie, ne le regardait pas.

Je savais qu'Evan Sinclair ne lui avait pas dit grand-chose. D'après l'ami milliardaire de mon frère, tout ce qu'il avait partagé avec lui, c'était que j'avais besoin d'un poste et d'une pause avec la côte ouest.

Liam avait été disposé à m'embaucher avant même que j'arrive dans le Maine, donc j'avais instantanément eu un travail dans lequel m'immerger. Malheureusement, cela allait de pair avec un patron vraiment canon, un homme qui ne me verrait jamais plus que comme une employée qui l'aidait bien.

D'accord. Il avait eu un moment de faiblesse en presque un an. Le jour où il m'avait dit qu'il me trouvait attirante. Mais il avait oublié cet aveu depuis, et j'étais plutôt convaincue qu'il regrettait de m'avoir dit quoi que ce soit de personnel.

Je suis réaliste. Je dois m'en tenir aux faits.

Et la vérité était que Liam Sullivan se moquerait pour toujours d'où j'allais ou de ce que je faisais, tant que je partais en lui donnant mon préavis longtemps à l'avance.

Je n'avais jamais été du genre à fantasmer sur les hommes hors de ma portée. J'étais sortie avec des gars sûrs, qui correspondaient à mon monde pragmatique. Mon manque d'imagination était probablement la raison pour laquelle j'étais si douée avec les nombres. La finance était quelque chose de concret. Il n'y avait pas de zones grises. Les nombres étaient soit corrects, soit incorrects.

Je m'obligeai à ne plus être obsédée par Liam, afin de me concentrer sur les chiffres du mois.

❦ ❦ ❦

Lorsque je levai ensuite les yeux, des heures s'étaient écoulées sans que je me sois rendu compte que le temps avait passé.

Je me levai et m'étirai une fois que j'en eus fini avec ma tâche. Mon corps était douloureux après être resté dans la même position pendant si longtemps.

— Mais qu'est-ce que tu fais là si tôt ?

La voix masculine agacée me fit sursauter et je tournai la tête vers le baryton sexy.

Liam.

Je baissai les bras sur mes flancs, mon cœur battant vivement, comme chaque fois que mon patron était dans le coin.

Mon corps avait un genre de radar à Liam. Il clignotait dès le moment où celui-ci se trouvait à portée de voix.

Mon Dieu, il était merveilleusement beau. Même avec un vieux jean et un t-shirt des Patriots, il irradiait d'une confiance discrète et d'un contrôle que la plupart des gens ne maîtrisaient pas encore à la fin de leur vie.

Je repris mes esprits.

— Rien. Enfin, je ne fais plus rien, *maintenant*. Je viens de finir de télécharger tous les documents pour les envoyer à ton comptable. Les comptes sont à jour.

Il n'avait toujours pas l'air heureux, mais c'était l'expression habituelle de Liam.

— Quand es-tu arrivée ici ?

Je contournai le bureau.

— Tôt, dis-je pour me dérober.

— Tôt à quel point, Brooke ?

Je ne voulais pas lui dire que j'étais déjà là avant l'aube. Pour une raison étrange, il semblait penser que je consacrais trop d'heures au restaurant, et peut-être était-ce le cas. Mais bosser était la seule chose qui me permettait de rester saine d'esprit.

— Pourquoi est-ce important ? répondis-je, sur la défensive. Le travail est fait.

Lorsque j'avançai pour me placer devant lui, je dus incliner légèrement la tête en arrière afin de le regarder dans les yeux.

J'étais de taille moyenne, mais Liam était si grand que je me sentais minuscule.

La pièce fut soudain trop chaude et étriquée.

Je tentai de passer à côté de lui pour sortir du bureau. Néanmoins, il arrêta facilement ma progression en posant une main puissante sur le haut de mon bras.

— C'est important pour moi, Brooke. Tu n'es pas propriétaire de cet endroit, je ne m'attends pas à ce que tu travailles autant que moi.

Honnêtement, j'en avais assez d'avoir cette discussion. Je me plongeais dans le boulot pour une certaine raison, et également pour aider Liam autant que possible. Il m'avait rendu un service en m'embauchant. Je voulais lui rendre la pareille.

Je me sentais torturée et tourmentée. Je laissai donc échapper la première chose qui me vint en tête.

— Je démissionne. Je donne mon préavis de deux semaines.

Haussant les épaules pour repousser sa main, je le bousculai légèrement et sortis de la pièce. Mon unique moyen de battre en retraite était de partir dans les toilettes. Je fermai rapidement la porte et la verrouillai, m'appuyant contre la surface en bois tandis que j'essayais de faire ralentir mon cœur.

Maintenant, tout ce que je devais faire, c'était vivre ces deux semaines infernales avant de découvrir comment j'allais pouvoir oublier le seul homme qui me faisait perdre mon calme.

Liam

Mais qu'est-ce qu'il vient de se passer ?

Est-ce qu'elle venait juste de dire qu'elle… *partait* ?

Oh, bon sang, non. Elle ne pouvait pas simplement partir. J'avais besoin d'elle.

Peut-être que l'avoir ici me troublait sacrément, mais je savais bien que Brooke était la raison pour laquelle je sortais si rapidement du lit le matin. Peut-être étais-je masochiste et remettais-je ma capacité de jugement en question puisque je désirais une femme qui était déjà prise. Mais ne pas voir Brooke du tout était pire que devoir faire comme si je ne bandais pas chaque fois qu'elle était là.

Ouais, je savais qu'elle avait déjà quelqu'un dans sa vie, et je ne m'engagerais pas sur ce terrain, même si j'en avais envie. Mais j'étais habitué à voir son visage presque tous les jours. Je voulais qu'elle reste là, au Sullivan's.

J'allai jusqu'aux toilettes et tambourinai à la porte.

— Je n'accepte pas ton préavis, hurlai-je.

Il lui fallut un moment pour répondre.

— Tu n'as pas le choix. Tu ne peux pas me garder ici si je ne veux pas rester. Je pensais être sympa en te l'annonçant à l'avance.

Honnêtement, elle se montrait sympa. C'était moi, la personne complètement irrationnelle. Deux semaines étaient une bonne durée, et c'était plus que suffisant. J'avais eu des employés excentriques qui ne s'étaient plus jamais pointés après avoir obtenu un autre boulot. Très peu de personnes prenaient un boulot de serveur autant au sérieux que Brooke.

— Est-ce qu'on peut en parler ? demandai-je sur un ton plus raisonnable.

J'entendis du raffut dans les toilettes, mais Brooke ouvrit enfin la porte.

— Liam, je n'ai plus rien à dire. Tu savais que ce poste était temporaire pour moi. J'apprécie tout ce que tu as fait. Tu m'as offert un travail quand j'en avais besoin, et je t'en suis reconnaissante.

Je fronçai les sourcils en la regardant. Je ne voulais pas de sa gratitude. Je voulais qu'elle reste ici, à Amesport.

Peut-être que je ne savais exactement *pourquoi* elle était là, mais je m'en moquais, maintenant. J'avais essayé d'obtenir plus d'informations auprès d'Evan, mais sans succès. Tout ce que ce salaud voulait bien me dire, c'était que Brooke avait eu besoin de passer du temps loin de la côte ouest. J'avais même menacé de la virer si Evan n'était pas franc avec moi. Mais il avait compris que je bluffais, sachant que je ne licencierais jamais un bon employé.

— Qu'est-ce qui a changé ? l'interrogeai-je. Pourquoi maintenant ? Elle haussa les épaules.

— Parce que c'est le moment. Mes raisons d'être ici ne sont plus valables. Je peux rentrer à la maison.

— Tu n'es même pas ici depuis un an, grommelai-je.

Je savais que je ne pouvais pas refuser sa décision. Elle n'était qu'une employée, et elle avait tous les droits de démissionner si elle le souhaitait, mais je ne la laisserais pas partir sans me battre.

Elle rit.

— Une année, c'est long. Je n'ai jamais prévu de rester aussi longtemps.

Son petit ami lui manquait probablement, même si je doutais qu'il soit très sérieux avec Brooke. Il n'était venu la voir que quelques fois, et il n'était pas resté longtemps.

— Autre que ton petit ami, qu'est-ce que tu as sur la côte ouest ? Au moins, tu as un boulot, ici.

— Toute ma famille est là-bas, Liam. J'ai trois frères aînés, une sœur jumelle et un petit frère en école de médecine.

J'étais surpris. Elle ne parlait pas beaucoup de sa vie privée. J'ignorais totalement qu'elle avait une si grande famille.

— Tu as une jumelle ? Est-ce qu'elle te ressemble ?

Elle secoua la tête.

— Nous ne sommes pas identiques, mais ça se voit qu'on est sœurs. Elle me manque. On parle au téléphone, mais je n'ai jamais été loin d'elle pendant aussi longtemps.

— Pourquoi tu ne m'as pas dit que tu avais de la famille, là-bas ?

Elle haussa les épaules.

— Je ne pouvais pas dire grand-chose sur ma vie personnelle.

Merde ! Je détestais que Brooke et moi n'ayons jamais eu l'occasion de nous connaître véritablement. Cela aurait dû être le cas. Elle était restée ici assez longtemps. Mais, évidemment, elle n'avait pas voulu qu'on en apprenne plus sur sa personne, et j'étais trop occupé à lui faire croire que mon attirance pour elle était du passé. Nous avions travaillé pas mal de temps au même endroit, mais nous n'avions jamais vraiment discuté.

Honnêtement, je m'en voulais. Si je n'avais pas été aussi impliqué dans mon mensonge selon lequel je ne voulais pas coucher avec elle, nous aurions pu être amis.

Difficile d'être amis quand tout ce dont j'ai envie, c'est de la faire jouir.

— Tu as une grande famille, lui déclarai-je.

Je ne savais pas quoi dire d'autre.

Elle ricana.

— Tu n'imagines pas à quel point j'ai pu détester ça, parfois. Avoir trois grands frères qui essayaient d'avoir de l'autorité sur moi, ça n'a jamais été facile. Mais je les aimais. Mes parents nous ont quittés, alors nous devions rester soudés.

— Je suis désolé, répondis-je automatiquement.

Je m'identifiais à sa douleur puisque j'avais également perdu ma mère et mon père.

— Ils sont morts depuis longtemps, expliqua-t-elle d'une voix mélancolique. Je vais préparer du café.

Je me décalai hors de son chemin et la suivis dans la cuisine.

— Alors ça doit être difficile de vivre à l'autre bout du pays, loin de ta famille.

Elle se mit en action pour faire couler du café une nouvelle fois, tout en répondant :

— C'était bénéfique. J'avais besoin de temps pour moi.

Ses réponses étaient vagues, et je savais qu'elle ne voulait pas parler des raisons pour lesquelles elle avait quitté la Californie.

— Je suis sûr que tu as hâte de retrouver ton petit ami, commentai-je.

J'avais du mal à me faire à l'idée qu'elle était dans une relation avec un mec.

J'avais l'habitude de la voir seule, et j'aimais que cela soit ainsi.

En fait, cela m'agaçait de savoir qu'elle était prise, même si j'étais conscient que c'était le cas.

Néanmoins, je n'allais pas le lui dire. Si je le faisais, j'allais devoir admettre que je ne m'étais jamais remis de mon attirance pour elle, et c'était quelque chose dont nous n'avions probablement pas besoin de discuter.

Elle appuya sur le bouton pour allumer la cafetière avant de dire :

— J'ai hâte de revoir tout le monde, à la maison.

Comment pouvais-je entrer en compétition avec toute une famille et un petit ami ? Je n'étais jamais vraiment devenu ami avec Brooke. Je ne le pouvais pas. Pas quand je bandais chaque fois que je la voyais.

— Tu vas nous manquer, ici, déclarai-je tristement.

Elle se retourna pour me regarder.

— Je vais manquer à qui ? Je ne me suis jamais vraiment fait de potes, ici, et toi-même, tu as dit que tu ne pourrais jamais être mon ami.

Je l'avais effectivement dit. Juste après avoir déclaré qu'elle m'attirait. Mais dans les mois ayant suivi ma confession, j'avais regretté de lui avoir tout dévoilé. Brooke était le type de femme qui voyait toujours le bien chez les autres. Elle était optimiste, la plupart du temps, et elle m'avait donné envie d'être son ami, même si j'avais désespérément envie de me la taper.

— Tu nous manqueras quand même, marmonnai-je.

— Je vais te manquer ? demanda-t-elle d'une voix curieuse.

— Bien sûr. Tu t'es démenée pour moi. Tu as assuré mes arrières quand j'ai eu besoin d'être avec ma sœur pour ses implants cochléaires et son traitement à New York. Tu as beaucoup fait pour moi, Brooke.

Ma sœur sourde n'était plus sourde. Les implants avaient été un succès, et Tessa avait épousé Micah Sinclair, un autre milliardaire de la famille Sinclair qui avait emménagé ici, à Amesport.

Brooke se retourna, essayant de dissimuler la déception que j'avais vue juste avant sur son visage.

— Je suis sûre que tu trouveras un bon remplaçant, déclara-t-elle.

Elle avança vers le plan de travail à côté des toilettes et sauta pour s'asseoir dessus.

C'était le seul moment où cet endroit en particulier était utilisé. Depuis que j'avais réaménagé le restaurant, nous n'avions plus besoin de certaines zones.

— Ça va aller pour toi ? m'enquis-je.

Je n'étais pas sûr de savoir pourquoi j'avais murmuré cette question.

Peut-être que j'ignorais la raison pour laquelle elle avait dû quitter sa famille, mais maintenant que j'avais conscience de l'existence de ses frères et sœur, ainsi que de la vie qu'elle avait laissée derrière elle, je savais que cela devait être sérieux.

Elle me regarda avec de beaux yeux bleus expressifs.

— Je vais mieux, expliqua-t-elle. J'avais besoin de passer du temps seule, et j'ai pu le faire ici, dans le Maine. Tout le monde, en grande partie, a été gentil. C'est une ville géniale.

— À part qu'elle est remplie de milliardaires, grommelai-je.

Un par un, chaque membre de la famille Sinclair avait fait d'Amesport sa nouvelle résidence. Non pas qu'ils soient un inconvénient pour la commune. Ils avaient investi de façon importante dans la petite ville côtière pour améliorer l'économie et la qualité de vie des habitants. Mais c'était tout de même étrange de voir leurs jets décoller et atterrir à l'aéroport en périphérie d'Amesport.

— Tu dis ça comme si c'était une mauvaise chose, me taquina Brooke. Tu n'es pas vraiment pauvre.

Elle avait fait mes comptes, donc elle connaissait mon statut fiscal. J'étais loin d'être fauché, et même si je n'étais pas milliardaire, j'avais des millions investis et des comptes sur les marchés financiers pour des parachutes et autres équipements que j'avais brevetés quand je travaillais sur les effets spéciaux, à Hollywood.

— Mais je ne suis pas un Sinclair, contre-attaquai-je.

— Et alors ? dit-elle. Tu es quand même blindé.

C'était le cas. Néanmoins, l'argent n'avait jamais été important pour moi. J'avais lutté pour économiser lorsque mes parents étaient morts et que ma sœur, Tessa, était tombée malade et avait perdu l'audition. J'avais voulu m'assurer qu'elle puisse avoir les meilleurs médecins et les soins médicaux les plus adaptés. Mais une fois qu'elle avait eu retrouvé son ouïe et qu'elle avait épousé Micah, tout cet argent avait continué de s'accumuler. J'avais la vie que je voulais, donc je ne l'avais jamais dépensé.

Je haussai les épaules.

— Je me fiche un peu de l'argent, maintenant.

— Tu aimes le restaurant, déclara-t-elle.

— J'imagine que oui. Je ne savais pas que gérer Sullivan's était mon rêve jusqu'à ce que je rentre à la maison. J'imagine que les *lobster rolls* coulent dans mes veines.

— Les meilleurs *lobster rolls* de la côte est, me rappela-t-elle. Et tes steaks sont super bons aussi.

— J'espère bien, lui dis-je. Sinon, j'aurais consacré beaucoup de mon temps au choix d'un bœuf merdique.

J'étais fier d'avoir les meilleurs steaks possibles. J'avais passé un temps fou à chercher le meilleur du marché.

— Tu pourrais simplement rester sur la plage, quelque part, et tu récolterais des millions, me fit-elle remarquer. Mais tu ne le fais pas.

— Je ne pense pas que je pourrais arrêter de travailler, admis-je.

— Parce que tu veux que ta vie ait un sens ? me sonda-t-elle.

— Je n'y ai jamais vraiment pensé. Sullivan's est un endroit iconique. Ce restaurant est dans notre famille depuis des générations.

— C'est ce que j'admire chez toi, déclara-t-elle sérieusement. Tu t'efforces toujours de rendre l'établissement encore meilleur alors que tu aurais facilement pu engager un manager et ne pas travailler ici du tout.

— Nous nous ressemblons, sur ce point-là, observai-je à contrecœur. Tu aurais pu être une employée moyenne, au lieu de te donner pour mission d'être la meilleure possible. La plupart des gamins qui travaillent ici se pointent simplement et font ce qu'ils ont à faire.

Je la vis vaciller manifestement après mon commentaire.

— Je ne suis pas une gamine, Liam. J'ai vingt-six ans, et je n'ai jamais été une enfant. Notre famille était pauvre. Nous devions tous nous impliquer pour ne pas être séparés. Nous sommes devenus adultes très tôt.

Je devais admettre que je n'avais *jamais* vraiment senti la différence d'âge entre nous, même si j'essayais d'utiliser cet écart de neuf ans pour m'éloigner d'elle. Bon sang, je tentais tout ce que je pouvais pour la garder loin de moi.

— Tu es sûre de vouloir partir ? demandai-je d'une voix rauque. Je peux te faire passer manager, te donner un statut et un plus gros salaire.

— Tu me payes suffisamment, me contredit-elle. Je gagne assez bien ma vie, pour une serveuse.

— Tu es plus que ça, et je pense que tu le sais. Tu sais aussi bien gérer cet endroit que moi.

Elle sauta du comptoir.

— C'est une offre vraiment attentionnée, mais je peux trouver quelque chose en Californie. Je n'ai aucune raison de rester.

J'y réfléchis pendant un moment. Elle n'avait pas d'amis ici parce qu'elle ne s'était jamais rapprochée de quiconque. J'aimais mon intimité, mais Brooke s'isolait d'une façon qui était presque insupportable. Elle pouvait être dans une pièce remplie de gens et finir seule, parce qu'elle n'avait jamais été libre de parler d'elle-même.

— Je suis désolé, Brooke. J'aurais dû être un meilleur ami.

Elle me sourit faiblement.

— Ce n'est rien. Je comprends pourquoi nous ne pouvions pas être amis.

Brooke se dirigea vers la porte.

— Où est-ce que tu vas ? l'appelai-je.

— Je retourne à mon appartement. Je veux me laver et m'habiller avant mon service.

Maintenant qu'elle partait, je détestais vraiment la voir s'éloigner de moi.

Elle quitta le restaurant, verrouillant la porte derrière elle.

Je voulais lui courir après, mais que pouvais-je lui dire ?

J'étais incapable de lui avouer à quel point je me sentirais seul à Amesport quand elle ne serait plus là.

L'atmosphère se figea, comme si c'était un signe de ce qui m'attendait.

Tout était trop calme, trop silencieux, une fois qu'elle partait.

Alors que je commençais à me préparer pour l'ouverture de l'après-midi, je me dis que je devais m'y habituer.

Brooke retournait en Californie, et j'allais devoir m'accoutumer à ma solitude.

Chapitre 3

Brooke

—Je voulais te remercier pour tout ce que tu as fait pour moi, dis-je à Evan Sinclair.

Nous sirotions notre boisson au café du coin, Brew Magic, plus tard dans la soirée.

Je l'avais appelé et lui avais demandé si nous pouvions parler. J'avais voulu le remercier en personne de m'avoir donné une chance de fuir la Californie pendant un moment.

Il haussa les sourcils d'un air arrogant.

— Est-ce que tu es sûre d'être prête à partir ?

Je m'étais habituée au comportement brusque d'Evan. Il n'acceptait pas le baratin. Il avait peut-être l'air distant, mais j'étais convaincue qu'il avait un bon cœur. Quel autre nabab super riche prendrait le temps d'aider une femme ordinaire comme moi ?

J'acquiesçai en buvant une gorgée de mon café. Brew Magic allait me manquer. En Californie, il y avait de bons cafés, mais celui-ci en particulier mettait de la magie dans les boissons délicieuses et caféinées des clients.

— Je suis prête. Je dois retourner à ma vraie vie. Je dois me trouver un autre travail et essayer de recoller les morceaux.

J'avais vécu la conséquence d'un incident dévastateur pendant près d'un an. Je savais qu'il était l'heure de tout laisser derrière moi et d'aller de l'avant.

— Je peux t'aider à trouver un boulot, dit Evan.

— Ça ira pour moi. J'ai de l'expérience. Je ne pense pas que ce sera très difficile de trouver un poste.

— J'ai beaucoup de contacts, si tu en as besoin.

Je faillis m'étouffer avec mon café. Evan Sinclair avait plus de *contacts* que n'importe quelle autre personne sur la planète.

— J'apprécie.

— Ravi de t'aider.

Je le regardai et vis bien qu'il était sincère. Si j'avais réellement besoin de son aide, je ne doutais pas qu'il creuserait pour me trouver du travail dans la journée.

— Je reste encore deux semaines. J'ai promis à Liam de rester pendant ce temps là pour qu'il me trouve un remplaçant.

Il acquiesça.

— Bien. Peut-être qu'on peut passer du temps ensemble avant que tu partes. Je sais que Miranda voulait t'inviter à dîner.

Je lui jetai un coup d'œil prudent.

— C'est très sympa de ta part. Mais je suis sûre que tu es bien occupé.

Je ne voulais pas lui prendre plus de son temps. Il était l'ami de *Noah*, et il en avait déjà fait suffisamment pour moi.

— Ce n'est pas un problème, m'informa Evan.

— D'accord, alors. Ça me plairait bien.

Maintenant que je n'avais plus à dissimuler mon passé, je voulais simplement être moi-même. Et généralement, je me faisais facilement des amis.

Evan posa son café sur la table avant de demander :

— Qu'est-ce que Liam pense de ton départ ?

Je l'observai, surpris.

— Ça ne le dérange pas. Il a toujours su que c'était temporaire, n'est-ce pas ?

Evan acquiesça vivement.

— Oui. Mais Xander a mentionné le fait qu'il semblait… t'adorer.

— Xander a dit ça ?

Je savais que Liam et le plus jeune frère d'Evan étaient amis, mais j'ignorais totalement comment mon nom avait pu faire irruption dans une de leurs conversations.

— Oui. Il a aussi prédit que Liam ne te laisserait jamais quitter Amesport.

— Il ne peut pas vraiment m'en empêcher. Je suis majeure, et il n'est pas mon père.

Ce serait un peu flippant, s'il l'était. Après tout, je le désirais depuis que j'étais arrivée à Amesport. Et je n'avais clairement pas de faible pour les pères.

— Je pense que tu vas lui manquer, mais il a beaucoup d'argent. Il pourrait te faire prendre l'avion jusqu'ici ou payer un jet privé pour faire des allers-retours avec la Californie.

Je ricanai.

— Liam ne changera jamais de comportement pour rester en contact avec moi. Je pense que je le mets mal à l'aise, parfois.

Evan m'adressa un sourire narquois.

— Cet inconfort ne veut pas toujours dire qu'un mec se moque de toi. Je me sentais complètement mal à l'aise, la première fois que j'ai rencontré Miranda.

— Pourquoi ?

— Certains hommes aiment avoir constamment le contrôle. Quand nous rencontrons quelqu'un qui nous bouleverse. Ce n'est pas facile de ne plus avoir le dessus.

— Alors tu dis que ta femme te rend irrationnel ?

— Malheureusement, oui. Mais ça ne me dérangerait pas de ressentir ça pour toujours afin de la garder dans ma vie. Je pense que je dois être secoué, parfois. C'est probablement valable pour Liam, aussi.

C'était amusant de penser que la femme adorable d'Evan était capable de maîtriser un homme puissant comme lui.

— Eh bien, Liam n'est pas intéressé.

— Comment le sais-tu ?

Je restai silencieuse un moment avant de confesser :

— Je lui ai demandé. Il y a plusieurs mois. Il a admis que je l'attirais, mais il a gardé ses distances.

— Intriguant, songea Evan.

— Ce n'était pas *intriguant*, contre-attaquai-je. En fait, c'était plutôt humiliant. Il pense qu'il est trop vieux pour moi, et il me traite comme une enfant. Il est aussi enclin à croire que j'ai un petit ami.

Evan haussa les sourcils.

— C'est le cas ?

— Bien sûr que non. J'aimerais penser que si j'avais un amant, ce mec aurait voulu que je revienne en Californie plus tôt.

— Alors pourquoi tu ne lui dis pas simplement la vérité ?

Je laissai échapper un soupir tourmenté.

— C'est compliqué.

— Je suis doué avec ce qui est compliqué, insista-t-il.

— La première fois que tu as fait venir Noah dans un de tes avions pour qu'il me rende visite, Liam l'a vu avec moi. Je ne pouvais pas lui dire la vérité, alors il a fait ses propres suppositions. Il pense que j'ai un petit ami horriblement riche.

— Il n'y a rien de mal à ça. L'argent rend la vie plus facile.

— Mais beaucoup plus compliquée, répondis-je.

Evan haussa les épaules.

— Peut-être. Mais c'est tout ce que j'aie jamais connu. Liam ne doit pas penser qu'il y a un problème avec le fait d'être riche. Il s'en sort plutôt bien, lui aussi.

J'acquiesçai.

— Je sais. J'ai rempli ses feuilles d'impôts.

— Alors pourquoi tu ne peux pas simplement lui dire, maintenant ?

Je m'étais posé la question à maintes reprises. Bien sûr, Liam se sentirait probablement mieux en sachant que je n'étais pas amoureuse d'un autre mec, puisqu'il saurait en plus qu'il m'avait séduite, à un moment.

— Il saura que j'ai menti, répliquai-je tristement.

— Ce n'est un mensonge uniquement parce que tu n'as jamais dit le contraire.

— Non, Evan. J'ai menti. Lorsqu'il a posé des questions, j'ai vraiment menti.

Il but une autre gorgée de café avant de déclarer :

— Il est venu me voir pour me poser des questions. Je suppose que c'est à peu près à l'époque où il a pensé que tu avais un homme dans ta vie. Il a menacé de te virer si je ne lui disais pas pourquoi tu étais ici.

Je levai vivement les yeux vers lui.

— Ah bon ? Pourquoi tu n'as rien dit ?

— Parce qu'il n'allait pas te virer, même si je niais l'information, ce que j'ai fait.

— Et s'il m'avait renvoyée ?

— Alors je t'aurais trouvé un autre poste. Mais je savais qu'on n'en arriverait pas là. Liam a un certain sens de la morale. Il n'allait pas te mettre à la porte après le bon travail que tu avais fait pour lui, déclara Evan d'un air narquois.

— Qu'est-ce qu'il voulait savoir ?

Je n'arrivais toujours pas à croire que Liam était allé voir Evan pour découvrir la vérité.

— Tout, répondit-il. Mais ce n'était pas à moi de répondre à ces questions. Je me suis dit que tu lui avouerais ce que tu voudrais.

— J'ai eu envie de lui dire la vérité tellement de fois, admis-je. Mais je vous ai promis, à toi et à Noah, que je ne raconterais rien.

— Plus rien ne t'en empêche, maintenant. Tu rentres à la maison. Tu as fini de te cacher.

— Je pense que c'est trop tard pour ça, avouai-je. Il n'a pas mentionné son attirance depuis ce jour-là, et il a recommencé à me traiter comme une adolescente.

— Et comment tu te sens ?

— Mal, répondis-je tristement. Dans les deux cas, je ne peux pas gagner. Soit il me méprisera parce que j'étais attirée par lui tout en sortant avec quelqu'un d'autre, soit il me détestera parce que je lui ai menti. C'est une situation dont je ne peux pas sortir gagnante. Mais ça n'est rien. Je vais rentrer à la maison, et je n'aurai plus besoin de le revoir, après ça.

Ma poitrine était douloureuse tandis que je prononçais ces mots que je n'avais pas envie de dire.

Je ne reverrais plus jamais Liam.

Evan s'enfonça sur sa chaise.

— Dans les affaires, on ne peut pas être perdant de tous les côtés, songea-t-il. Il n'y a qu'une incapacité à voir les aspects positifs.

Je bus cul sec le reste de mon café avant de lui dire :

— Nous ne sommes pas dans les affaires, et il n'y a pas d'aspect positif, Evan. L'opportunité de dire la vérité est passée, et ça ne m'aidera pas, maintenant. Liam et moi avons une relation strictement professionnelle. Il a oublié son attirance, j'en suis sûre.

— Et toi, tu t'en es remise ? tenta-t-il sans pitié.

Mon Dieu, je comprenais pourquoi Evan avait autant de succès dans les affaires. J'étais presque en train de me tortiller à cause de la façon dont il agissait, comme s'il me faisait passer sous un microscope après m'avoir disséquée. Et il était censé être de mon côté. C'est clair que je haïrais être son ennemie.

— Oui, mentis-je.

Je me souvins ensuite que je détestais mentir et me rétractai.

— Non.

Il me lança un sourire moqueur.

— C'est soit l'un, soit l'autre.

— D'accord, oui, lui dis-je d'un air exaspéré. Il m'attire. Cette sensation n'a jamais disparu. Mais je sais qu'il ne faut pas vouloir des choses inutiles. Je me sentirai mieux une fois que je rentrerai à la maison et que je retrouverai une vie normale. Liam n'était rien de plus qu'un fantasme. Peut-être que je m'ennuyais. Peut-être que ma famille et mes amis me manquaient. Peu importe la cause de ces folles émotions, elles disparaîtront quand je serai de retour sur la côte ouest.

— Et si elles restent, finalement ?

Je lui jetai un regard agacé.

— Alors je suis complètement et totalement foutue, crachai-je enfin.

J'étais épuisée à cause du questionnement intense d'Evan. Je commençais à me sentir comme le témoin clé interrogé par la défense lors d'un procès pour meurtre.

Evan semblait détendu, mais son expression était intense.

— Ça ne se passera pas nécessairement comme ça, Brooke. Tu pourrais tout lui dire. Il n'y a aucune honte dans ce que tu as fait. Si tu as menti, tu l'as fait parce que tu y étais obligée. Je pense que Liam comprendra.

— Je ne crois pas.

Evan n'avait aucune idée de la relation tendue que j'avais eue avec Liam.

— S'il te plaît. Je veux simplement rentrer à la maison.

— C'est toi qui vois, déclara-t-il. Mais je peux te dire par expérience qu'il y a toujours des côtés positifs dans la vie. Pas seulement dans les affaires. Malheureusement, parfois, tu dois vraiment bien regarder pour les trouver.

Nous débutâmes une autre conversation, et je fus soulagée de constater que nous n'avions plus besoin de parler de Liam. C'était trop douloureux de se demander ce qui aurait pu arriver si j'avais simplement été une employée et pas un imposteur.

Mais je savais que les *mensonges* m'empêchaient de savoir ce qui se serait passé entre Liam et moi si tout avait été différent.

N'y pense pas. Tu dois seulement gérer les deux prochaines semaines.

Les choses ne seraient *jamais* différentes, et il était inutile de penser à ce qui aurait pu arriver.

Je devais m'occuper de la réalité.

Mais elle craignait, parfois.

Chapitre 4

Brooke

Après avoir quitté Brew Magic, j'entrai dans le petit magasin de bonbons sur Main Street, heureuse de voir qu'il était toujours ouvert. Il n'y avait qu'une autre personne dans la boutique, et je la reconnus immédiatement.

— Salut, Tessa, saluai-je cordialement l'autre habituée.

Je ne connaissais pas bien la sœur de Liam, mais elle avait été très sympa avec moi à chaque fois que nous nous étions croisées ou quand elle assurait des services au restaurant.

La jolie blonde tourna la tête pour me saluer de devant la caisse.

— Brooke, dit-elle en souriant. C'est super de te voir. Est-ce que tu viens aussi chercher de quoi grignoter pour ce soir ?

Je lui souris.

— La nourriture est plutôt mon obsession. J'adore les mendiants au caramel et aux amandes. S'il te plaît, dis-moi que tu viens d'acheter les derniers pour que je n'aie pas à en rapporter un paquet à la maison.

Elle rit, ses yeux pétillants de malice.

— Pardon, j'en ai acheté, mais il reste encore la moitié du plateau.

J'avais pourtant espéré ne pas pouvoir m'acheter ma dose. La friandise allait directement dans mes hanches, mais je ne pouvais résister à l'envie d'en prendre, puisque le magasin était toujours ouvert.

— Il n'y a aucun espoir pour moi, alors. Je vais devoir faire plus de sport.

La petite boutique était remplie d'une odeur tentante de chocolat qui me mettait déjà l'eau à la bouche.

— Je pense que tu peux te permettre ces calories supplémentaires, répondit Tessa. Moi, je ne peux vraiment pas, mais Micah et moi, on peut recommencer à faire nos joggings dehors, maintenant, donc ça ne sera pas si horrible.

— Où est Micah ? l'interrogeai-je.

Le beau mari de Tessa était presque toujours avec elle.

— Il a une soirée en Caroline du Nord. Son entreprise organise un événement annuel de sport extrême, là-bas.

Tessa finit de payer, et je donnai ma commande à l'employé. Je m'attendais à ce qu'elle parte quand elle eut terminé, mais elle attendit que je finisse de parler au caissier, puis déclara :

— J'ai vu Liam tout à l'heure, au restaurant. Il a dit que tu voulais partir.

Je soupirai. Les nouvelles allaient vite, à Amesport.

— Ce n'est pas que j'ai vraiment *envie* de partir, mais j'ai une vie en Californie. Tout ça n'a toujours été qu'un travail temporaire, pour moi.

Elle acquiesça.

— Je sais. Liam m'a tout raconté, ce soir. J'aimerais que tu restes. Liam est beaucoup plus heureux en ta présence.

Je souris.

— Tu veux dire que ce que je vois, c'est un Liam de bonne humeur ?

— Je sais que ça a l'air étrange, mais mon frère a toujours été discret. Il n'a jamais été du genre à discuter.

— Ça, je veux bien le croire.

— Je sais qu'il ne s'est jamais vraiment ouvert à moi, me confia Tessa. Peut-être qu'il a toujours eu l'impression de devoir besoin de prendre soin de moi parce que j'étais sa petite sœur, et qu'ensuite, j'ai été sa petite sœur *sourde*.

— Je sais ce que c'est d'avoir un grand frère, lui dis-je. J'en ai trois.

Elle secoua la tête et me lança un regard compatissant.

— Je n'imagine pas avoir trois grands frères. Un Liam, c'est plus que suffisant.

Noah, Seth et Aiden n'étaient pas aussi protecteurs que Liam, mais Jade et moi étions menées à la baguette.

— Ce n'est pas toujours une mauvaise chose. Au moins, j'ai toujours un mec dans le coin pour réparer ma voiture au besoin. Ils sont tous assez doués en mécanique.

— C'est déjà ça, déclara-t-elle d'un air sceptique.

C'était comme s'il était carrément impossible qu'elle ait besoin d'autant d'hommes autoritaires dans sa vie.

— Quand pars-tu ?

— Je viens de donner mon préavis à Liam. Je lui ai laissé deux semaines pour trouver quelqu'un d'autre.

— Je peux l'aider en assurant des services, mais je sais que tu vas lui manquer. Je ne pense pas qu'il réalise à quel point il parle de toi.

— Ah oui ? répondis-je, surprise. Il *me* parle à peine.

Elle m'étudia avec précaution, ce qui me mit un peu mal à l'aise.

— J'espérais que vous deux, vous sortiez ensemble.

Je haussai les épaules.

— Liam n'était pas intéressé par une telle chose.

Je ne voyais aucune raison de raconter des conneries à Tessa. Je ne resterai plus très longtemps ici.

— Il était clairement intéressé, contre-attaqua-t-elle. Je ne suis pas sûre de savoir pourquoi il n'a pas voulu aller plus loin avec toi.

Je savais pourquoi, mais je ne voulais pas expliquer tout ça à Tessa. Liam ne lui avait évidemment pas parlé de mon soi-disant petit ami.

—Ça n'a simplement jamais fonctionné, déclarai-je vaguement. J'imagine que c'est mieux ainsi, puisque toute ma vie se situe sur la côte ouest.

Tessa changea de sujet tandis que je payais pour ma friandise du diable.

— Je t'ai vue au café avec Evan.

— Nous sommes amis, l'informai-je rapidement. Il connaît mon frère aîné, Noah.

La dernière chose que quiconque supposerait, c'était qu'Evan s'engagerait dans une autre relation amoureuse alors qu'il idolâtrait sa femme, Miranda. Mais j'avais envie de clarifier la situation.

Tessa leva les yeux au ciel.

— Je le sais. Evan mourrait pour Randi. Tu n'as pas besoin de te défendre parce que tu as pris un café avec lui. Vous aviez l'air à l'aise, tous les deux. Evan n'est pas du genre à parler, tout comme Liam.

— Il parle quand il en a envie, déclarai-je.

Je pensai à la façon dont il m'avait cuisinée pour que je parle de Liam.

— C'est le cas de la plupart des hommes, dit Tessa en souriant. Brooke, je sais que tu ne seras plus là longtemps, mais si jamais tu as besoin d'avoir quelqu'un à qui parler, je suis une oreille attentive. J'aurais aimé que nous ayons eu plus de temps pour apprendre à nous connaître, mais nous étions toujours tellement occupées, au restaurant.

— Merci, répondis-je.

J'attrapai mon sac de bonbons.

— Je pense que ça va. J'avais simplement besoin de temps pour moi. Être ici, ça m'a permis d'en avoir.

Une part de moi voulait tout avouer à Tessa. Elle était l'une de ces personnes qui me donnaient envie de me lier d'amitié avec elles. Néanmoins, savoir qu'elle raconterait tout à Liam scellait mes lèvres.

— L'offre reste valable, confirma-t-elle.

Je pris un morceau de mendiant aux amandes dans le sac et le mis dans ma bouche. J'avalai avant de répondre.

— Merci. J'apprécie que personne ne m'ait mis la pression. Je n'étais pas prête à parler de ce qu'il s'est passé en Californie.

Nous quittâmes la boutique ensemble, nous nourrissant toutes les deux de chocolat.

— Je te raccompagne ? proposa-t-elle.

— Non. C'est bon. Je ne vis qu'à quelques pâtés de maisons d'ici.

J'avais un minuscule studio près du centre-ville. Il était meublé, et j'avais vue sur l'arrière des magasins de Main Street, mais j'avais été reconnaissante qu'Evan ait pu me trouver ça. Je n'avais pas besoin de voiture, puisque j'étais proche de tout, en ville.

— On se voit bientôt, j'espère, dit Tessa.

Je lui fis un signe de main, alors qu'elle partait vers son véhicule. J'aurais aimé mieux la connaître. Tessa avait traversé tellement d'épreuves dans sa vie. J'aurais probablement adoré avoir une personne aussi géniale comme amie.

Je commençai à marcher vers mon appartement. C'était peut-être le printemps, mais il faisait toujours froid, dans le Maine. Je portais une veste légère avec un jean et un haut à manches longues, mais ce n'était pas assez chaud pour l'été dans cet État. Je m'étais habituée au froid glacial pendant l'hiver, mais j'étais plus que prête à ce que les choses se réchauffent.

Mon appartement était déjà en vue lorsqu'un bras surgit de l'ombre. Je sursautai quand je fus obligée de m'arrêter à cause d'une prise ferme sur le haut de mon bras.

— Mais qu'est-ce que tu fais ici si tard ?

Je reconnus la voix avant de voir le corps à la lumière tamisée des lampadaires.

— Liam ?

— Il est presque onze heures, grommela-t-il.

J'avais envie de lui dire que même des adolescents avaient des couvre-feux plus tardifs, mais après avoir jeté un coup d'œil à son visage, je fermai la bouche.

Son expression était sombre, toutefois je voyais bien qu'il était inquiet.

Même si je pensais qu'il se montrait fortement irrationnel, mon cœur fondit légèrement.

— Ce n'est pas la nuit noire, répliquai-je calmement.

— Il fait sombre, gronda-t-il. Il est trop tard pour se balader dans le froid.

— Je suis en route pour chez moi, expliquai-je. J'ai pris un café avec Evan à Brew Magic.

— Pourquoi ?

J'étais perplexe. Liam agissait si bizarrement que je ne savais pas comment répondre. Il me fallut un moment.

— Je voulais le remercier de m'avoir aidée.

— Parce que tu pars, répliqua-t-il tristement.

— Oui. Parce que je pars.

Un long silence s'étira pendant ce qui sembla être un très long moment avant que Liam reprenne la parole.

— Tu as froid. Je vais te raccompagner jusqu'à ton appartement.

J'y étais presque. Je pouvais déjà voir l'entrée de mon immeuble.

— Ne t'inquiète pas. Tout ira bien pour moi. Je peux le voir d'ici.

Il fit un signe de tête vers l'entrée.

— Je viens avec toi.

Je commençai à marcher, et Liam m'emboîta le pas. Il était inutile d'argumenter avec lui. Nous étions dans le froid, alors que nous pouvions tous les deux être au chaud dans quelques minutes.

— Tu viens seulement de quitter le restaurant ?

Les établissements fermaient à vingt et une heures, à cette époque de l'année, donc je me disais qu'il venait de fermer et qu'il m'avait vue marcher dans l'ombre.

— Il y a quelques minutes, confirma-t-il.

Même si ces mots expliquaient sa présence dans le quartier, je ne comprenais pas pourquoi il était venu vers moi alors que je n'étais qu'à quelques pas de mon appartement.

Ce n'était pas inhabituel pour Liam de vérifier que je rentre chez moi en toute sécurité. Dans les mois les plus chauds, il m'avait raccompagnée. Pendant l'hiver, il avait conduit sur la petite distance entre le restaurant et mon immeuble. Il avait toujours fait attention à moi, à sa façon. Mais il n'y avait aucune raison pour qu'il me mène jusqu'à la porte, alors que je la voyais de là où j'étais, sur le trottoir.

— Merci, marmonnai-je quand j'arrivai à l'entrée.

— Appelle-moi, la prochaine fois, exigea-t-il. Amesport est relativement sûre, mais j'ai vu des gens bizarres ici, l'été.

— Ce n'est pas l'été, déclarai-je.

Comparée à la Californie, la petite ville côtière du Maine ressemblait à l'endroit le plus sûr du monde.

— Appelle-moi, répéta-t-il. Je t'emmènerai où tu veux.

J'acquiesçai.

— Tu veux entrer ?

L'inviter à entrer semblait être la chose à faire. Je le lui avais déjà demandé auparavant, mais il avait toujours refusé. Je le fis tout de même.

— Ouais. Je pense que oui, déclara-t-il maladroitement.

C'était comme s'il était habitué à donner une réponse différente… ce qui était le cas.

— Je peux te servir un café, proposai-je.

Je tâtonnai pour trouver la clé de la porte principale.

— Je crois que j'ai besoin d'un verre, répondit-il.

Je trouvai la bonne clé et la mis dans le verrou avant de me retourner pour le regarder. Liam ne buvait pas. Il m'avait dit qu'il avait tellement fait la fête en Californie qu'il touchait rarement à l'alcool, maintenant. Pendant les mois où je l'avais connu, je ne l'avais jamais vu boire une seule goutte de boisson alcoolisée.

— J'ai de la bière et du vin.

La bière avait été laissée ici par mon frère. Et le vin était à moi. Dieu seul savait que j'avais besoin d'un verre de temps en temps, surtout après avoir passé toute la soirée avec Liam, au restaurant.

— Ça fera l'affaire.

Je déverrouillai la porte et entrai dans le couloir silencieux de mon immeuble. Il était surveillé par des caméras de surveillance. Non pas que ce soit nécessaire.

Ça *va* être *gênant*.

Nous passions du temps seuls, au travail, mais le laisser entrer dans ma vie privée était quelque chose de clairement différent.

Nous entrâmes dans l'ascenseur et montâmes jusqu'au deuxième étage en silence. Lorsque les portes s'ouvrirent enfin, je demandai :

— Pourquoi tu as décidé de venir, finalement ?

Je le lui avais proposé au moins cent fois, et il avait toujours refusé de venir chez moi.

— Je pense qu'on doit discuter.

Il sortit de l'ascenseur sans davantage d'explications.

Je le suivis, le guidant finalement pour lui montrer quel appartement était le mien.

Je ne voulais pas évoquer à nouveau mon départ, mais visiblement, je n'avais pas le choix.

Chapitre 5

Brooke

Mon appartement sembla extrêmement petit quand Liam fut dedans. Ce n'était pas à cause de sa taille, quoiqu'il soit très grand. C'était à cause de sa présence. J'avais l'impression qu'il aspirait chaque particule d'oxygène dans le petit espace et me laissait pantelante.

Je lui dis de se mettre à l'aise dans le salon pendant que j'allais chercher à boire. Lorsque j'entrai dans la cuisine, j'appuyai automatiquement sur le bouton pour écouter mes messages. Il n'y en avait qu'un.

Je sais que tu rentres bientôt à la maison, mais j'imagine que je veux juste entendre ta voix. Je serai ravi quand tu seras de retour en Californie. Je te rappelle plus tard. Je t'aime, Brooke.

Je souris en écoutant le message de Noah. Ma famille me manquait vraiment. J'avais même envie de voir chacun de mes emmerdeurs de frères, là.

Lorsque je me retournai vers le salon, j'avais les verres en main, mais je n'allai pas loin. Liam se tenait à l'entrée de la cuisine, et il ne semblait pas très heureux.

— Il ne t'aime pas, et tu ne l'aimes pas, déclara-t-il d'une voix rauque.

Je le repoussai, et il me suivit dans le salon. Je lui tendis une bière.

— Je l'aime. Beaucoup.

Il avait évidemment entendu le message de Noah et supposait qu'il s'agissait de mon petit ami imaginaire.

— Comment peut-il avoir une femme comme toi sans avoir besoin de la voir tous les jours ?

Liam s'était assis au bord du canapé, donc je m'assis à l'autre bout.

— Il ne me *possède* pas.

Il tourna vivement la tête pour me regarder.

— Tu vas rompre avec lui ?

Je souris à Liam.

— Malheureusement, je ne pense pas que ce soit possible.

Il y avait eu tellement de fois où mes frères m'avaient rendue folle, mais puisque nous étions du même sang, soit je devais les supporter, soit je devais les chasser définitivement de ma vie. Puisqu'ils avaient de bonnes qualités, je décidais d'ignorer leurs idioties.

— Pourquoi ? Si tu ne l'aimes pas et qu'il ne t'aime pas, ce serait mieux que tu le largues.

— Je ne peux pas larguer mon frère, l'informai-je.

Je bus ensuite une grande gorgée de Merlot dans mon verre.

— C'était ton frère ?

J'acquiesçai.

— Noah. L'aîné.

Il sembla soulagé quand je répondis.

— Pardon. J'imagine que je ne suis pas habitué au fait que tu aies des frères.

— Je ne suis pas sûre d'y être habituée non plus, plaisantai-je. Et ils sont dans ma vie depuis vingt-six ans. Noah est protecteur puisqu'il nous a tous élevés, mais visiblement, on n'arrive jamais à le convaincre que nous sommes tous adultes, maintenant.

Il avala la moitié de sa bouteille de bière avant de répondre.

— Il va toujours vouloir te protéger. Tessa est mariée, et j'ai encore envie de lui dire quoi faire. Je ne pense pas que cet instinct puisse disparaître.

— Je l'aime. Il a consacré toute sa vie à sa famille alors qu'il était à peine adulte lui-même.

— Il a fait ce qu'il devait pour que vous restiez tous ensemble. Je respecte ça.

— Mais tu pensais qu'il était mon petit ami ?

Il acquiesça.

— Oui. Tu peux toujours rompre avec ce mec-là, Brooke.

— Je ne peux pas.

Comment pouvais-je larguer un mec qui n'existait pas ?

— Il t'a plus ou moins laissée toute seule, cette année. Il est venu te rendre visite un ou deux jours, à quelques reprises, mais s'il t'aimait vraiment, il serait venu avec toi.

Mon cœur ne fondit que davantage. Liam essayait évidemment de m'aider, et je ne pouvais ignorer le fait qu'il semblait s'inquiéter de mon bonheur.

— Si tu avais été dans la même situation, tu aurais laissé tomber toute ta vie pour une femme ?

— Si c'était la bonne, oui.

Étrangement, je le croyais. Liam était loyal et fidèle aux personnes à qui il tenait.

— Peu de mecs le feraient, expliquai-je.

— Conneries ! Je ne connais pas beaucoup de gars qui ne le feraient pas.

Il prit une nouvelle gorgée de sa bière.

Je connaissais beaucoup d'hommes qui ne laisseraient pas tomber leur vie pour suivre une femme, même s'ils étaient dans une relation avec elle. Mais apparemment, Liam ne fréquentait que des hommes qui avaient les bonnes priorités.

Je changeai le sujet avant de devoir mentir.

— De quoi voulais-tu parler ?

— Je voulais voir si je pouvais te convaincre de rester, mais après avoir entendu le message de ton frère, je sais que ça n'arrivera pas. Et je ne vais certainement pas réussir à te convaincre de te débarrasser de ton petit ami inutile.

Il marqua une pause pendant un moment avant d'ajouter :

— Mais ça ne me semble pas normal de te laisser simplement partir.

Je bus une autre gorgée de vin.

— Pourquoi veux-tu tellement que je reste ? Tu as dit que nous ne pourrions jamais être amis. Et tu n'as jamais rien dit à propos du fait que nous nous plaisions mutuellement. J'ai du mal à croire que tout ça ne concerne que le restaurant.

— Ce n'est pas le cas, confirma-t-il. Ça n'a rien à voir avec le Sullivan's.

Mon cœur loupa un battement.

— Alors de quoi s'agit-il, Liam ?

— Je ne veux pas que tu partes.

— Pourquoi ?

Je souhaitais sincèrement connaître sa réponse à la question, à présent.

— L'attirance n'a jamais disparu, Brooke. Mais je refuse d'empiéter sur le territoire d'un autre homme. Chaque fois que je te vois, je bande, mais je ne peux pas m'engager là-dedans.

Je regardai Liam se lever et prendre mon verre. Il se dirigea vers la cuisine, et je le suivis. Je m'appuyai sur le petit îlot central alors qu'il décapsulait une autre bière, avant de remplir mon verre presque à ras bord.

Il le posa en face de moi en buvant sa nouvelle bouteille après avoir jeté l'ancienne.

Je levai mon verre et bus, me demandant ce que je devais dire. Je ne m'étais jamais remise de mon désir pour lui, moi non plus. En fait, plus je restais, pire c'était. Si j'étais honnête avec moi-même, c'était la raison pour laquelle j'étais *obligée* de partir. Je ne pouvais pas supporter plus de nuits à me masturber en fantasmant sur lui. Cela devenait presque douloureux, et je savais bien que c'était pathétique.

— Je ne suis pas sûre que cette alchimie disparaisse un jour.

Je devais être sincère avec lui. Je lui devais au moins ça.

Je buvais mon vin cul sec, maintenant, tentant de calmer mes nerfs.

Liam termina sa bière et la jeta dans la poubelle avant de se rapprocher de moi.

— Elle ne partira pas, sans aucun doute, confirma-t-il. Alors, qu'est-ce qu'on va faire ?

Mon verre de vin était vide, donc je le posai sur le côté et levai les yeux vers lui. Il était proche, tellement proche que je pouvais sentir son souffle chaud sur mon visage.

— On ne fait rien, déclarai-je précipitamment. Qu'est-ce qu'on pourrait faire ? J'espère que ça disparaîtra une fois que je serai en Californie. Tu m'oublieras lorsque je serai partie.

— Essaie encore, Brooke, me défia-t-il. Ma queue est dure depuis presque un an, maintenant. Je n'ai qu'à penser à toi.

J'étais presque sûre que ma bouche s'ouvrit en grand, mais je m'en moquais. Je me demandai s'il se masturbait comme je le faisais, allongé dans son lit, chaque nuit, ayant un orgasme peu satisfaisant puisqu'il voulait simplement être avec moi. Je savais que c'était mon cas.

— Je me caresse en ayant des pensées obscènes sur toi.

Je lui avais avoué que je me masturbais en songeant à lui quand nous avions admis notre attirance mutuelle. C'était la seule fois où je m'étais dévoilée, et cela m'était retombé dessus. Je ne lui avais plus jamais confessé quoi que ce soit.

— Je sais. Je le fais aussi, déclara-t-il d'une voix rauque. Je ne sais pas pour toi, mais j'en suis assez malade. Je ne sais pas quel engagement tu as pris envers ce gars, en Californie, mais je crois que tu ne l'aimes pas. Pas si je t'attire. Je te connais depuis assez longtemps pour savoir que ce n'est pas comme ça que tu te comportes.

J'étais un peu étourdie à cause du vin que j'avais englouti, et j'étais prête à tout avouer. Peut-être que nous ne coucherions jamais ensemble, mais cela ne devait pas m'empêcher de lui dire ce que je pensais.

J'acquiesçai.

— Ça commence à être douloureux. C'est l'une des raisons pour lesquelles je veux partir.

Le regard de Liam était rivé sur le mien, ses yeux verts intenses.

— Je peux faire en sorte que ça ne soit plus douloureux, Brooke. Tu ne penses pas qu'on pourrait s'autoriser une petite pause ?

Il voulait me baiser. Je le voyais dans ses yeux. Je passai mes bras autour de son cou. Que mes inhibitions aillent au diable. Je voulais découvrir ce que c'était de coucher avec un homme qui me voulait vraiment.

C'était ma chance.

Dans deux semaines, je ne reverrais plus jamais cet homme, et il était le seul qui me faisait autant brûler.

Je fermai les yeux, laissant mes mains caresser son dos. Il avait enlevé sa veste et tout ce que j'avais à faire, c'était de trouver sa peau nue.

Je décoinçai son t-shirt de son pantalon et gémis quand mes paumes se lièrent chaudement avec son torse nu.

— C'est tellement mieux que mon fantasme, dis-je, le souffle court.

À mon grand mécontentement, il recula, mais seulement pour passer son haut par-dessus sa tête et le laisser tomber par terre.

— Touche-moi, Brooke. Merde ! Je t'ai désirée bien trop longtemps.

J'ouvris les yeux pour pouvoir le regarder. Liam avait le plus beau corps que j'avais jamais vu, et je me sentais étourdie de pouvoir étudier son torse nu.

Ses cheveux blonds étaient ébouriffés à cause du t-shirt qu'il avait enlevé, mais il était l'homme le plus magnifique au monde. Son corps était sacrément tonique. Je tendis la main et la passai sur son torse et son abdomen musclés. Traçant la traînée sexy de poils qui disparaissait dans la ceinture de son jean, je frissonnai. Sa peau était douce, mais je pouvais sentir chaque muscle contracté en dessous.

Même si nous étions en hiver, la peau de Liam était légèrement hâlée, une couleur qui était naturelle, chez lui.

— Tu es tellement parfait, déclarai-je précipitamment.

— Je suis tout sauf parfait, grogna-t-il, les dents serrées.

C'était un signe qu'il essayait de se retenir.

— Je n'ai jamais vu ça, dans mon fantasme, dis-je en touchant les tatouages sur son torse.

D'un côté, il avait un cœur brisé avec des ailes d'ange. De l'autre, il avait un plus grand dessin, un dragon féroce qui semblait prêt à sauter de sa peau pour attaquer.

Il me prit la main et la leva vers son cœur.

— C'était pour mes parents, après leur mort.

Il bougea pour que ma paume touche le dragon.

— J'ai fait celui-ci quand Tessa est tombée malade. Je voulais quelque chose qui était symbole de force, parce que je savais que nous en aurions tous les deux besoin.

J'étais hypnotisée par les tatouages, probablement parce que je ne voyais pas Liam comme le genre de mecs qui pouvait en avoir. Mais il les avait faits tous les deux pour sa famille, et je trouvais ça extraordinaire.

— Ça t'a fait mal ?

— Pas autant que la véritable raison pour laquelle je les ai faits. J'imagine que j'avais besoin d'une certaine conclusion pour ma mère et mon père. Et lorsque Tessa est tombée malade, je devais trouver une façon de traverser tout ça.

— Ils sont beaux, dis-je en traçant la silhouette du dragon.

Je laissai mes mains caresser son dos nu, ayant l'impression que c'était une transe irréelle. Pour l'instant, mon monde entier était composé de l'homme qui me tenait dans ses bras, et si je rêvais, il était clair que je ne voulais pas me réveiller. Je savais que les sensations n'étaient pas causées par l'alcool que j'avais bu en quantité plus importante que d'habitude. C'était seulement… Liam.

Je le regardai alors qu'il attrapait l'ourlet de mon pull et levai mes bras, comme si c'était la chose la plus naturelle du monde.

Il avait besoin d'être nu.

J'avais besoin d'être nue.

J'étais désespérée à l'idée de sentir nos peaux fusionner.

Je ne reculai pas lorsqu'il retira mon soutien-gorge.

J'en avais envie.

J'avais envie de *lui*.

Je sentis la chaleur se précipiter entre mes cuisses en observant l'air affamé sur son visage tandis que ses yeux dévoraient ma poitrine nue.

— Merde, Brooke !

Il prit mes seins dans ses mains.

— Je n'arrive pas à croire que ce soit vrai.

Je savais exactement ce qu'il voulait dire, mais je le taquinai tout de même.

— Ils sont vrais, à cent pour cent. Je ne suis pas fan de chirurgie plastique.

Je m'étais toujours dit qu'on devait faire avec ce que l'ADN nous avait donné à la naissance. Mais je ne pouvais m'empêcher de me sentir un peu nerveuse en me demandant si Liam serait excité en voyant mon corps nu.

Il passa ses bras autour de moi et m'attira contre lui, comme s'il savait exactement ce que je voulais.

— Oui, sifflai-je quand sa peau chaude caressa la mienne.

— *Merde* ! Je ne vais pas tenir longtemps, dit Liam d'une voix rauque.

— Alors j'imagine qu'on peut déjà apprécier le temps qu'on a, répondis-je.

Liam leva mon menton.

— Je ne m'en irai pas avant que tu sois satisfaite, jura-t-il.

Je fermai les yeux alors qu'il baissait la tête et prenait ma bouche avec une férocité que je n'avais jamais connue auparavant.

Je me laissai tomber dans ses bras, mon cœur battant à tout rompre alors qu'il montrait qu'il possédait chaque centimètre de ma bouche. Il était exigeant, et je n'avais aucun problème à lui donner tout ce qu'il voulait, ma langue se mêlant avec la sienne dans un duel de désir.

Mon sexe palpita à cause du besoin de le sentir en moi.

— Liam, gémis-je lorsqu'il me laissa enfin respirer à nouveau.

Je posai ma main entre nos corps et saisis l'avant de son jean.

Il bandait terriblement, et c'était uniquement pour moi.

Il tendit la main vers la mienne et la retira.

— Ne fais pas ça. Je ne veux pas jouir comme un adolescent pendant sa première fois. Je veux que ça dure.

Moi aussi, je voulais que ça dure, mais mon corps était bien trop en avance sur mon cerveau. Je voulais me précipiter vers l'orgasme parce que mon envie pour lui était douloureuse.

— Qu'est-ce que je peux faire ?

— Tu peux te déshabiller, grogna-t-il.

Il recula et tendit la main vers le bouton de mon jean.

Je le déchirai, impatiente de faire tout ce qu'il souhaitait.

Brooke

Le reste de nos vêtements disparut frénétiquement. Nous laissâmes tomber nos affaires par terre, aucun de nous ne s'intéressa à l'endroit où elles atterrissaient.

Chaque mur que j'avais prudemment élevé s'effondra quand je vis le regard avide de Liam une fois que nous fûmes complètement nus.

Mon cœur tambourinait tant contre ma cage thoracique que je pouvais réellement *sentir* les battements rapides résonner dans mon corps.

Je le jaugeai, me rendant compte que j'étais tout aussi affamée en *le* voyant.

Mon sexe se serra douloureusement et fut envahi d'une humidité chaude quand j'observai mon festin, remarquant chaque centimètre glorieux de son corps musclé. Le V bien délimité sous ses abdominaux semblait taillé dans la pierre et pointait exactement vers ce que je voulais. C'était un peu comme un panneau néon menant un alcoolique vers le bar le plus proche.

Et mon Dieu… comme j'avais envie de le boire.

Je fis un pas en avant pour toucher sa verge immense, mes doigts tremblèrent en s'enroulant autour.

Il grogna en attrapant mon poignet.

— Ça ne va pas se passer comme ça, Brooke, dit-il sèchement. Pas maintenant.

Il passa un bras autour de ma taille, et sa main s'emmêla dans mes cheveux. Il saisit une poignée de mèches et tira ma tête en arrière.

— J'ai toujours su que ça se passerait comme ça, déclara-t-il d'une voix rauque.

Ses yeux étaient si singulièrement verts que cela me coupa le souffle.

J'étais nue et vulnérable. À ce moment-là, tout ce dont j'avais envie, c'était de lui communiquer mon besoin.

— Je le savais aussi. Mais peut-être pas de façon aussi intense.

Je ne pouvais pas expliquer ce qui m'arrivait, même si j'essayais. Mais j'avais toujours su que s'il me touchait, s'il le faisait vraiment, mes défenses n'auraient aucune chance face au feu qui consumerait mon corps en quelques secondes.

Il se pencha en arrière et saisit mes lèvres avec une faim si puissante que je fus incapable de faire quoi que ce soit d'autre que de me soumettre.

Je ne pouvais rien nier face à Liam, à ce moment-là, même si j'en avais envie. Ce qui n'était pas le cas. Je devais le sentir, le goûter, apprécier chaque once de plaisir qu'il pouvait me donner.

— À moi, gronda-t-il en relâchant mes lèvres. Tu aurais toujours dû être à moi.

Ses déclarations ne firent qu'empirer mes instincts possessifs. Je savais exactement ce qu'il voulait dire. J'avais toujours eu le même sentiment envers Liam. À partir du moment où j'avais posé les yeux sur lui, j'avais eu envie de lui.

Il aurait dû m'appartenir dès notre première rencontre, mais ça n'avait jamais été le cas.

Je l'ai, maintenant.

Peut-être que je devrais finir par le lâcher, mais pour l'instant, j'étais toute à lui. Et *il* était tout à *moi*.

Je laissai ma tête retomber en arrière alors qu'il embrassait la peau tendre de mon cou et mordillait mon lobe. Je sentais son souffle court et chaud contre mon oreille, et cela me rendait folle.

Ses paumes rêches me caressaient le dos, exploraient ma peau, avant qu'il tende enfin la main et saisisse fermement mes fesses.

— Ce beau cul me tourmente depuis toujours, déclara-t-il sauvagement contre ma peau.

Je posai mes mains sur son postérieur, mais ne l'attrapai pas. Je caressai les muscles tendus, me souvenant de toutes les fois où je l'avais désiré, au restaurant.

— Prends-moi, Liam, gémis-je. J'ai besoin de toi.

Son expression devint féroce et crue, comme si c'était sa responsabilité d'apaiser chaque douleur que je pouvais avoir.

— Je veux que ça continue, Brooke.

Je passai désespérément mes mains dans ses cheveux. J'avais toujours voulu sentir ses mèches pour voir si elles étaient aussi soyeuses et sexy qu'elles en avaient l'air. Je soupirai, vibrai, tandis que mes doigts entraient en contact avec les mèches rêches.

— Tu veux que ça dure, et je veux que ça arrive avant de devenir folle, dis-je d'une voix tremblante.

Il me souleva et m'assit sur l'îlot central de la cuisine. C'était la hauteur parfaite pour enrouler mes jambes autour de sa taille, et je n'hésitai pas pour essayer de nous rapprocher l'un de l'autre.

— Attends, Brooke, déclara-t-il.

Il caressa entre mes cuisses.

Il fut accueilli par un liquide chaud très cordial.

— Bon sang ! déclara-t-il d'une voix rauque.

Son torse se soulevait difficilement à cause de l'effort pour se retenir.

— J'ai hâte, maintenant.

— N'attends pas, alors, le suppliai-je. J'ai besoin de toi, maintenant.

Il caressa mon clitoris, et je sautai presque jusqu'au plafond.

— Oh mon Dieu.

Le petit bourgeon de nerfs pulsait à chaque passage de ses doigts. J'ouvris mes jambes pour lui donner un meilleur accès, mon corps fredonnant sous l'envie de se relâcher.

— Jouis pour moi, Brooke. Je veux te regarder. Je dois le voir.

L'imaginer en train de me voir dans mon moment le plus vulnérable n'était pas effrayant. C'était sacrément érotique.

Je me perdis, impuissante, dans la sensation, tandis que son contact devenait plus exigeant. Je tombai dans sa chaleur, et elle me consuma.

Il y avait trop de stimulation pour que je me retienne. Rien que le fait qu'il m'observe avec un regard rempli de désir m'époustouflait et était suffisant pour me faire jouir.

Sa bouche couvrit la mienne, et je gémis contre ses lèvres lorsque ma jouissance me traversa avec une force presque terrifiante.

Je tremblai contre sa peau enflammée, mon besoin de me soulager tellement éperdu que je sentis que je ne pouvais plus respirer.

— Liam, haletai-je quand il libéra ma bouche.

— Laisse-toi aller, Brooke. Je te tiens, dit-il urgemment près de mon oreille.

Je fermai les yeux tandis que mon orgasme prenait le contrôle, et j'eus l'impression que je n'arrêterais plus jamais de frissonner à cause de cette libération puissante.

Un charabia sortit de ma bouche parce que je n'arrivais pas à formuler des mots. Tout ce que je pouvais faire, c'était bredouiller et gémir en ressentant le plus grand plaisir que j'avais jamais connu.

Je haletai en tourbillonnant pour redescendre de ma jouissance.

Je digérais encore l'intensité de ces dernières minutes quand Liam attrapa mes fesses avec tant de force que ce fut presque douloureux. Il fut en moi avant que je puisse me remettre.

— Oui, gémis-je. Oui.

Liam était un mec costaud, mais mon corps l'accepta. Les muscles de mon vagin se détendirent pour le prendre tout entier. L'avoir enfoncé en moi, jusqu'à la garde, était si incroyable que je voulais que cela continue, tout comme Liam le souhaitait.

Je vivais une guerre interne entre mon envie de ressentir ma connexion avec Liam pour qu'elle dure encore et encore, et l'exigence qu'il commence à me prendre pour assouvir mes instincts primitifs.

J'enroulai mes jambes autour de lui et l'attirai brutalement contre mon sexe, mes hanches poussant vers l'avant sans même que j'y pense.

Liam grogna.

— Je ne peux plus attendre, Brooke. Tu es trop bonne.

— Prends-moi, exigeai-je.

Mon corps me disait qu'il n'accepterait rien de moins.

Il attira mes fesses au bord du plan de travail, nous serrant l'un contre l'autre dans le contact le plus intime que nous pouvions avoir.

Liam se retira, puis s'enfonça à nouveau en moi. Mes muscles étaient tendus en accueillant un homme de sa taille, mais s'il y avait un peu de douleur, alors elle était terriblement agréable.

— Oui, plus fort, insistai-je.

— Chérie, tu ne veux pas que ce soit aussi fort que possible avec moi, déclara-t-il d'une voix apaisante.

Oh si, j'en avais envie. Notre réaction l'un avec l'autre était crue et primitive. J'étais tout autant en manque d'affection que lui.

— Plus fort, l'encourageai-je.

— Merde. N'oublie pas que tu l'as demandé, répondit-il avec une férocité qui fit réagir mon sexe.

J'aimais l'intensité de cet homme. C'était quelque chose que je n'avais jamais connu auparavant, mais c'était tellement addictif, peut-être parce que je me sentais aussi folle que lui.

J'étais essoufflée alors qu'il me montrait combien nous étions tous les deux devenus hors de contrôle. Je savais que j'aurais des ecchymoses sur les fesses le lendemain matin à cause de sa poigne. Mais chaque douleur valait cette satisfaction quand Liam me donnait ce que je voulais, chaudement et violemment.

Il s'enfonça en moi avec une ardeur que je pensais impossible. Tout ce que je pouvais faire, c'était m'accrocher à lui, nos corps devenant glissants à cause d'une fine couche de transpiration qui nous faisait glisser l'un contre l'autre, tandis que nous nous étirions tous les deux pour satisfaire nos besoins sauvages.

Je me perdis en Liam, et j'étais presque sûre qu'il était également au-delà de toute pensée rationnelle.

— Liam, criai-je quand je sentis mon orgasme remonter.

C'était différent, cette fois-ci, et bien plus puissant que le premier.

Lorsqu'il posa sa main entre nous et caressa mon clitoris, j'implosai.

Mes muscles palpitèrent violemment autour de sa verge, et je l'entendis grogner.

— Brooke. Tu es si parfaite, chérie.

Il s'enfonça en moi une fois de plus alors que je palpitais encore.

J'ignorais totalement combien de temps nous étions restés accrochés l'un à l'autre, nos corps transpirant enroulés jusqu'à ce que je ne sache pas où se terminait le mien et où commençait celui de Liam. Mon cœur précipité finit par ralentir, et nous reprîmes tous deux notre souffle pendant un long moment.

J'étais nue devant Liam, et je m'en moquais. Chacune de mes émotions était dévoilée face à lui, mais je me sentais en sécurité dans son étreinte possessive.

— On va devoir finir par bouger, déclarai-je à bout de souffle.

Il commença à reculer, à contrecœur.

Je resserrai involontairement mes jambes autour de lui.

— Ne pars pas, dis-je, me sentant à nouveau vulnérable.

Il baissa lentement mes jambes, puis me récupéra sur l'îlot central.

— Je n'irai nulle part, ma belle. Je suis là, déclara-t-il d'une voix rauque.

Je posai ma tête sur son torse, soulagée qu'il ne nous sépare pas.

— Bien, répondis-je dans un soupir bruyant.

C'était un ton qui m'était étranger, que je n'avais jamais entendu franchir mes lèvres auparavant.

— Ça va ? demanda-t-il d'un air hésitant.

Il avait l'air incertain, et cela fit fondre mon cœur quand je réalisai qu'à un instant, il pouvait être un mâle alpha conquérant, et quelques secondes plus tard, un amant inquiet.

C'était une combinaison qu'il était impossible de ne pas adorer.

Je lui souris.

— Je ne me suis jamais sentie bien.

Un sourire se dessina lentement sur son visage, et mon cœur accéléra quand je vis la malice sexy dans son regard.

— Une douche ? demanda-t-il.

Nos regards se rivèrent l'un sur l'autre, et je fus à nouveau essoufflée. Liam était évidemment insatiable, mais je savais que j'allais pouvoir suivre son rythme.

Nous avions mis presque un an pour en arriver là, et le goûter une seule fois serait loin d'être suffisant.

— Oui, s'il te plaît, répondis-je.

Je savais que nous étions tous les deux poisseux, et une douche ressemblait au paradis.

Il me porta jusqu'à la salle de bain, et j'appris à quel point une petite douche pouvait être coquine avant qu'il me ramène au lit.

Je perdis le compte du nombre de fois où nous nous étions mutuellement réveillés, nos corps mourant d'envie de connaître plus de l'extase telle que nous l'avions découverte.

Je sentis que Liam restait avec moi toute la nuit.

Malheureusement, lorsque je me réveillai à la lumière de l'aube, il était parti.

Chapitre 7

Liam

Tu as une sale tête. Je crois que tu as besoin de dormir.

Je jetai un coup d'œil à Xander Sinclair et arborai un air grincheux. Peut-être qu'*effectivement*, j'avais une sale tête à cause de mon manque de sommeil de la nuit dernière, mais je ne voulais pas qu'on me le fasse remarquer.

J'étais déjà irritable.

Ignorant son observation, je bus une gorgée de mon café matinal, espérant que cela aiderait.

Xander était devenu un lève-tôt, donc je le voyais de plus en plus pendant le petit déjeuner. Aujourd'hui ne faisait pas exception. Il était passé alors que je préparais du café, et quelques tasses plus tard, il n'était *toujours* pas parti.

Quitter Brooke juste après l'aube avait été la chose la plus difficile que j'avais jamais faite. Mon instinct me disait de ne jamais la laisser partir, mais je savais que tout serait différent à la lumière du jour, et je devais décider d'un plan d'action.

— La Terre à Liam. Reviens sur cette planète, s'il te plaît, déclara Xander avec un sourire moqueur.

Je me dis que je préférais peut-être Xander quand il était malheureux. Il était beaucoup trop heureux depuis qu'il avait commencé à fréquenter sa femme, Samantha.

Finalement, je répondis :

— Je n'ai pas bien dormi hier soir, mais ce n'est pas inhabituel, pour moi.

Xander secoua la tête.

— Conneries. Tu as la même tête depuis qu'une certaine serveuse a commencé à travailler pour toi. Aujourd'hui, c'est simplement pire que d'habitude.

Il avait raison. Je ne pouvais penser qu'à Brooke et au fait qu'elle avait un homme dans sa vie. Mais je n'allais pas le dire au salaud prétentieux assis en face de moi.

— Elle s'en va, l'informai-je.

Il me lança un regard entendu.

— Alors c'est ce qui t'empêche de dormir la nuit. Qu'est-ce que tu vas faire ?

— Qu'est-ce que je *peux* faire ? Son petit ami n'a pas disparu, et elle a une immense famille en Californie.

— Alors tu dois la convaincre de rester, mec, me convainquit-il. Emmène-la au lit et persuade-la qu'elle serait mieux à Amesport.

— Je l'ai fait, répliquai-je d'un air irrité. Ça n'a rien changé.

Coucher avec elle, même si cela avait été absolument génial, n'avait rien fait à part me mettre la tête à l'envers. Ouais, j'avais pris mon pied. À plusieurs reprises. Mais plutôt que d'aider, cela ne m'avait donné que plus envie. Une nuit avec Brooke avait été mieux que tous mes fantasmes, mais maintenant, j'étais hanté par le fait qu'elle rentrait chez elle pour retrouver quelqu'un d'autre.

Je n'étais pas sûr de savoir quoi faire et je ne savais pas non plus comme Brooke réagirait au matin. Je m'étais faufilé hors de sa maison comme un lâche, effrayé à l'idée de ne pas voir le même désir dans son regard.

Elle était condamnée à se sentir coupable parce qu'elle s'était tapé un autre homme. Je la connaissais assez bien pour savoir qu'elle ne prendrait pas cette connerie à la légère. En tout cas, ce n'était pas mon cas.

— Que s'est-il passé ?

Xander semblait confus.

Je n'allais pas discuter de ma vie sexuelle avec lui.

— Rien. On a couché ensemble. Fin de l'histoire.

Xander me jeta un coup d'œil suspicieux.

— Je pense que ça a tout changé. Elle n'est plus seulement un fantasme.

— Merde ! Comment tu peux savoir ce sur quoi je fantasme, bordel ?

Xander me tapait sur les nerfs.

— J'ai vécu ça moi-même, tu t'en souviens ? Une fois que tu as ce genre de connexion avec la bonne personne, tu ne peux plus la laisser partir. Enfin, je ne suis pas sûr que j'aurais pu lâcher Sam, même sans cette connexion, mais coucher avec Brooke a évidemment changé les choses pour toi.

Je grognai.

— Alors maintenant, tu es un spécialiste de l'amour ? Simplement parce que tu as été assez chanceux pour convaincre Sam de t'épouser ?

— Ce n'était pas de la chance, expliqua-t-il. Elle m'aime.

— Je ne suis pas certain de comprendre pourquoi, répondis-je d'un air revêche. Tu m'agaces vraiment.

Xander sourit.

— Tu sais que tu aimes suivre mes conseils.

Je lui lançai un regard sévère, puis me concentrai sur mon café que je bus pour en abreuver mon corps aussi vite que possible. J'avalai cul sec le reste de la tasse, puis me levai pour m'en servir une autre.

— C'est uniquement physique, lui expliquai-je.

J'aurais aimé ne pas avoir mentionné que j'avais couché avec Brooke. Xander pouvait être implacable, quand il le voulait.

— Si tu avais dit ça il y a un an, je t'aurais répondu que les relations autres que physiques n'existent pas. Mais j'ai Sam, maintenant, et je sais ce que c'est quand on en veut plus. Tente ta chance, Liam, sinon tu vas le regretter. Tu te demanderas toujours ce qui aurait pu se passer.

— Merde ! Tu crois que je ne le sais pas ? Je veux penser qu'elle sera plus heureuse en restant ici, mais toute sa vie est en Californie.

Xander se leva et vint se placer directement en face de moi alors que je me retournai avec une autre tasse de café.

— Écoute, mon pote. Sérieusement, je ne veux pas que tu gâches ta vie. J'ai vu la façon dont tu te comportes avec Brooke. Je vois bien qu'elle ressent la même chose. Je ne sais pas ce qu'il se passe avec son petit ami, mais elle tient à toi. Tu as besoin de la pousser à rester, parce que ta vie va craindre, sans elle.

— Je ne veux pas qu'elle reste parce que je la contrains d'une façon ou d'une autre à rester dans le Maine.

Ce que je souhaitais réellement, c'était que Brooke reste parce qu'elle avait envie d'être ici… avec moi.

— Tu es ici. Elle *veut* rester. Je peux te dire qu'elle ressent la même chose que toi. Parfois, c'est plus facile de voir l'évidence quand on est à l'extérieur. Si tu es personnellement impliqué, tu ne vois rien du tout. Tu as la tête dans le cul.

Je posai mon café sur le comptoir et croisai les bras devant moi.

— Alors qu'est-ce que tu suggères, docteur ?

Une seule de ses relations avait fonctionné, et il pensait être un expert ? Bien que je sois obligé d'admettre que j'espérais que sa vue de l'extérieur soit exacte.

— Dis-lui ce que tu ressens. Elle vit probablement la même chose que toi, en ce moment. Ce dont elle a le plus envie, c'est de toi. Dis-lui que tu as envie d'elle.

— J'ai déjà couché avec elle, admis-je, énervé.

Xander haussa les sourcils.

— Alors peut-être que tu devrais recommencer. Tu ne serais pas aussi grincheux.

— Je ne veux personne d'autre que Brooke, confiai-je à contrecœur. Ça fait longtemps que je ne veux personne d'autre, et je n'ai jamais ressenti la même chose pour une autre femme auparavant… jamais.

Aucune autre femme ne captait mon intérêt. J'étais trop obsédé par mon employée, et ce depuis le jour où je l'avais rencontrée. Depuis que Brooke était arrivée, je n'avais même pas envisagé de sortir avec quelqu'un d'autre. J'étais trop préoccupée par elle.

Xander haussa les épaules.

— Alors tu devrais vraiment t'assurer de l'avoir. Emmène-la en rencard, fais-lui comprendre que tu es quelqu'un de sérieux. Tu *veux* être en couple avec elle, non ?

Je n'avais jamais vraiment songé à ce que je voulais. Brooke avait toujours été inaccessible, pour moi, donc je ne passais pas beaucoup de temps à y penser.

— Oui, je le veux, dis-je enfin d'une voix rauque. Mais puisque je ne l'ai jamais vue autrement que comme une femme hors d'atteinte, je ne pense pas y avoir beaucoup réfléchi.

— Nom de Dieu, Liam, tu es un mec bien, mais je commence à remettre en doute tes capacités à raisonner.

— Je n'ai pas beaucoup de pensées rationnelles quand Brooke est dans le coin.

— J'avais remarqué. Et je comprends. Elle te met la tête à l'envers. J'ai vécu ça. Mais elle ne le fait pas exprès. Brooke ne sait probablement pas ce que tu veux d'elle. Un jour, elle est hors d'atteinte, et le suivant, tu couches avec elle. Écoute, je pense qu'elle serait chanceuse d'avoir un mec comme toi. Généralement, tu es malin, sauf en ce moment, c'est l'exception. Je sais que tu lui serais loyal. Tu gagnes sacrément bien ta vie, et ma femme trouve que tu es pas mal. Je ne saurais pas en juger puisque je ne m'intéresse pas aux mecs, mais ton meilleur ami est une ancienne rock star. Ça te fait sûrement gagner quelques points, finit-il en plaisantant.

Je lançai un regard impatient à Xander.

— Tu étais dans un aussi mauvais état que moi, et tu le sais.

— Peut-être même plus, concéda-t-il.

Je levai une main. Je ne voulais pas m'immiscer dans sa vie privée, maintenant qu'il avait les idées claires.

— Je suis déchiré entre la laisser tranquille pour qu'elle puisse rentrer chez elle et essayer de la convaincre qu'elle a besoin de moi dans sa vie.

— Pense à ce que tu ressentirais si tu ne la revoyais plus jamais. Tu prendras une décision sacrément vite. Ton temps est limité, Liam.

Frustré, je passai une main dans mes cheveux.

— Tu as raison. Il est hors de question que je la laisse partir sans me battre.

Xander se dirigea vers la porte.

— Garde ça en tête, maintenant, et ne pense pas à autre chose. J'ai vu à quel point tu pouvais être têtu, quand tu le voulais.

Parfois, j'avais envie de frapper Xander, et c'était le cas actuellement. Le problème était que je savais qu'il avait raison.

Je n'aurais pas dû laisser Brooke, ce matin.

Je n'aurais pas dû lui donner le temps de penser à ce qu'il s'était passé, puis m'en sentir coupable.

J'aurais dû rester avec elle et la convaincre de larguer son petit ami.

Je regardai Xander partir sans un mot, sortant par la porte de la cuisine qui donnait sur l'extérieur.

Je m'étais effectivement montré stupide, et peut-être qu'elle-même était confuse quant à ce que je voulais. Parfois, je mettais intentionnellement de la distance entre nous, et à d'autres moments, je lui tournais autour et lui montrais que j'avais envie d'elle.

Je devais arrêter de me battre contre moi-même afin de pouvoir lutter pour Brooke.

Qui trompais-je avec mes conneries ? Je ferais n'importe quoi pour qu'elle reste à Amesport, pour que nous restions ensemble. Je n'étais simplement pas sûr de savoir ce qu'*elle* voulait.

Je savais qu'une des choses que Xander avait dites était véridique : si je n'essayais pas, je le regretterais.

Je m'étais toujours demandé ce qui se serait passé si j'avais été honnête avec elle.

Mais elle devait d'abord être d'accord pour laisser tomber son petit ami.

Éliminer la compétition était ma priorité.

J'attrapai mon café sur le plan de travail et m'assis à la table. J'avais besoin de me réveiller suffisamment avant d'aller au restaurant plus tard dans la matinée.

Brooke avait une journée de libre, donc je ne la verrais pas, à moins de faire un effort pour aller la trouver.

Je récupérai mon téléphone sur la table. J'espérais que Tessa serait disponible plus tard pour me remplacer.

Chapitre 8

Brooke

— J'ai hâte de te voir, déclara Jade tout excitée. Tu m'as tellement manqué.

— Je reviens à la maison la semaine prochaine, lui rappelai-je.

J'essayais de garder une voix calme au téléphone pour qu'elle ne comprenne pas que je souffrais.

Jade sentait ce genre de choses avec moi, tout comme je pouvais le constater quand quelque chose clochait chez elle. Notre lien de jumelles était assez fort, même si nous n'étions pas identiques.

Je m'étais réveillée ce matin dans un brouillard total, et il ne s'était pas encore évaporé. J'ignorais pourquoi Liam était parti ou quand il s'en était allé. Néanmoins, c'était comme une claque virtuelle en plein visage de voir qu'il n'avait même pas laissé un mot.

Bien sûr, il pensait toujours que j'avais un petit ami.

— Je sais, répondit-elle. Je suis simplement heureuse que tu reviennes enfin.

J'avais désespérément envie de la voir.

— Je te dirai quand je rentrerai. Evan me prête son jet. J'ai hâte de te voir. J'ai l'impression que ça fait une éternité.

Jade et moi ne nous étions jamais séparées aussi longtemps. Et ne pas l'avoir avec moi pour lui parler me tuait. Bien sûr, nous discutions par téléphone, mais ce n'était pas la même chose. Nous étions sœurs, jumelles, nous faisions tout ensemble, du shopping jusqu'aux soirées. Elle avait toujours été ma meilleure amie.

Peut-être que j'avais vraiment eu besoin de temps toute seule. Quand j'étais venue à Amesport, j'avais été incapable de décrire la douleur et la peur que je devais surmonter. Et je n'avais pas eu envie de parler.

Maintenant, j'avais désespérément envie de voir ma famille.

— J'ai hâte de savoir ce que tu as fait pendant presque un an. J'ai entendu tellement de choses sur cette ville que j'ai envie de venir.

— Il n'y a rien de très grisant, ici, la prévins-je. C'est assez calme jusqu'à l'été.

— Je m'en fiche. C'est juste que j'ai vraiment envie de te voir. J'ai besoin de savoir que tu vas bien.

— Je vais bien. Je vais mieux, la rassurai-je.

Mon instinct me criait que quelque chose n'allait pas avec Jade, mais je n'arrivais pas à mettre le doigt sur ce que c'était.

— Comment ça se passe avec ton projet ?

Avant que je parte, Jade avait travaillé sur un projet de conservation de la nature pour ses études.

— Ma thèse est terminée, répondit-elle.

— C'est génial ! commentai-je avec enthousiasme.

— C'est un soulagement, avoua-t-elle.

— Je pensais que tu aimais bosser là-dessus.

J'étais confuse face au fait que ma sœur ne rayonne pas à l'idée de quitter l'école pour travailler à temps plein en tant que biologiste spécialisée dans la faune et la flore.

— C'était le cas, déclara-t-elle vaguement. Mais je suis contente que ce soit terminé.

— Tu enseignes toujours ? l'interrogeai-je.

En plus de ses cours pour devenir scientifique, Jade était une experte dans la survie en milieu sauvage primitif. Elle était passée d'étudiante à enseignante quelques années plus tôt.

— Pas comme je le voudrais, mais j'aurai peut-être une émission à la télé à l'avenir. Les producteurs de ce programme télé sur les survivalistes m'ont contactée pour voir si cela m'intéressait d'apparaître dans l'émission.

— Jade, couinai-je. Ce serait génial !

J'étais tellement enthousiaste pour elle. Elle adorait être scientifique, mais son entraînement à la survie était tout aussi important pour elle, même si ce n'était toujours qu'un hobby.

Elle soupira.

— Je ne suis pas sûre que ce soit une bonne chose. Qui sait quelle chose bizarre on fait pour la télévision ?

— Tu *dois* accepter, insistai-je. Si tu n'as pas signé pour faire les trucs qu'ils te demandent, tu peux partir.

— J'imagine.

— Contacte-les. S'il te plaît. Je pense que tu botterais des culs par ton talent.

Je ne connaissais personne d'aussi doué que ma sœur.

— Je vais y réfléchir. Mais tu sais à quoi ressemble cette émission. Si j'ai un partenaire pourri, je serai foutue.

Ma sœur et moi regardions chaque épisode de ce programme. Je savais qu'avoir le bon coéquipier était tout ce qui comptait.

— Peut-être que tu auras quelqu'un de canon, plaisantai-je.

— Ou plus probablement, je vais finir avec un mâle alpha, aspirant survivaliste. Tu sais combien de mecs de ce genre ils prennent dans l'émission. Des mecs qui veulent jouer en se retrouvant dans la nature sauvage, mais qui ne savent pas une seule chose sur la survie.

J'étais presque certaine que très peu de gens étaient aussi sérieux que ma sœur quant à leurs capacités de survie, mais je voulais tout de même qu'elle tente sa chance.

— Tu auras peut-être du bol.

Elle ricana.

— J'en doute. Tellement de gens s'intéressent au survivalisme à cause de ce programme, mais se fichent un peu de savoir ce qu'ils font. Moi, je le fais parce que je veux avoir cette connexion avec mes ancêtres. Je veux savoir ce que c'était pour eux de s'adapter à un monde sans téléphone portable, sans Internet, et toutes les autres choses que nous avons à portée de main, maintenant.

— Alors, va botter des culs, lui conseillai-je.

— Comme je l'ai dit, je vais y réfléchir.

— Tu vas bien ? m'enquis-je.

Ce n'était pas comme si Jade était du genre à renoncer à quoi que ce soit.

— Je vais bien. Peut-être que tu me manques, c'est tout.

— Toi aussi, tu me manques, lui avouai-je. Comment va tout le monde, à la maison ? Comment va Owen ?

Mon plus jeune frère était doué. Il avait à peine vingt-cinq ans et presque fini l'école de médecine. En ce moment, il était résident.

— Il excelle, comme d'habitude. Il est venu à la maison pendant les vacances et il était tellement silencieux. J'ai essayé de le pousser à me parler, mais il ne voulait pas m'expliquer ce qui le dérangeait, expliqua Jade. La seule chose qu'il a mentionnée, c'était qu'il avait dû mal à supporter la souffrance humaine dans son travail. Enfin, il est doué. Il pourrait faire un médecin excellent.

— Je l'imagine bien. Owen a toujours été le plus gentil de la famille. Il est sacrément malin, mais il a le cœur sur la main.

— Je sais, confirma Jade. J'espère qu'il ne changera jamais.

Honnêtement, je ne voulais pas que mon petit frère devienne différent à cause de son choix de carrière. Je pouvais toujours compter sur lui pour être la voix de la raison.

— Tout le monde va bien ? demandai-je.

— Si tu me demandes si nos trois frères aînés vont bien, je peux te dire que ce sont toujours des emmerdeurs. Mais ils sont en bonne santé. Jusqu'à ce que je les tue pour avoir essayé de mettre leur nez dans mes affaires.

Je ris, sachant que Jade pouvait tout donner. Elle n'avait aucun problème à faire remarquer à Noah, Seth et Aiden qu'ils se montraient indiscrets.

Malheureusement, ils l'étaient presque tout le temps.

— Essaie de les garder sur le droit chemin, suggérai-je. Je suis sûre qu'ils auront plein de conseils fraternels pour moi quand je rentrerai.

Je soupirai. Je parlais à tous mes frères au téléphone, assez souvent, et ils avaient toujours un tas de conseils.

— Ils s'inquiètent pour toi, Brooke. Nous nous inquiétons tous, répondit sérieusement Jade.

Je soupirai.

— Je sais. Mais je rentre à la maison et je vais mieux. J'espère que les choses reviendront à la normale. C'était une longue année.

— Comment vas-tu faire pour quitter ton patron canon ? me taquina-t-elle.

J'avais parlé de Liam à Jade, ainsi que de ce que je ressentais pour lui. Elle avait été la seule personne à qui je pouvais parler de mon patron incroyablement attirant.

— Je ne sais pas, répondis-je honnêtement. Peut-être que c'est une bonne chose que je parte.

— Brooke ! Je connais cette voix. Tu me caches quelque chose. Tu as couché avec lui, hein ?

Mon Dieu, parfois, je détestais être aussi proche de ma jumelle.

— Oui.

— Crache le morceau, sœurette. Raconte-moi tout.

Je lui racontai une version brève de ce qu'il s'était passé avec Liam. Je n'allais pas lui dire qu'il avait totalement bouleversé mon monde au point que je ne pourrais plus jamais être la même personne. Elle essaierait de me convaincre de l'épouser.

— Alors tu vas simplement partir ? demanda Jade. Comment tu peux le faire alors que tu as trouvé l'homme de ta vie ?

— Tu es si romantique, l'accusai-je.

— Je ne le suis pas. Je sais que tout le monde n'a pas une fin heureuse, mais on ne doit pas se contenter de moins que ce qu'on mérite. Tu attendais de le trouver.

Je levai les yeux au ciel. Ma sœur pouvait être un peu dramatique quand elle parlait de relations, ce qui était étrange pour moi. Jade était si pragmatique dans tous les autres domaines de sa vie, mais trouver le bon copain était un sujet qu'elle portait jusqu'aux extrêmes.

— Ce n'est pas *le bon*, lui dis-je.

Je savais bien que je mentais. Liam était le bon, mais les circonstances rendaient notre relation impossible.

— Je ne te crois pas, me défia-t-elle. Qu'est-ce qui ne va pas ?

— Il pense que j'ai un copain, tu te souviens ?

— Tu ne lui as pas dit que c'était Noah ?

— Non. Il me détestera en apprenant que je lui ai menti.

— Brooke, tu *dois* lui dire, maintenant. Tu as couché avec lui. Tu veux vraiment qu'il pense s'être envoyé en l'air avec une femme qui était déjà prise ?

Je n'avais pas vraiment pensé à ce que Liam ressentirait. J'avais été trop occupée à m'inquiéter de la façon dont j'allais me protéger de l'homme qui pouvait me faire perdre complètement la face.

— C'est probablement mieux qu'il croie ça. L'autre option, c'est d'apprendre que je lui ai menti. Il déteste les menteurs.

— Tu n'avais pas le choix, argumenta-t-elle. Il ne va pas t'en vouloir. Si ce gars est exactement comme tu le penses, il est impossible qu'il ne souhaite pas découvrir la vérité.

Jade avait probablement raison, mais je ne voulais pas rendre les choses difficiles entre Liam et moi pendant les deux semaines à venir.

— On verra, déclarai-je vaguement. Je dois voir comment ça se passe quand je le retrouverai. Je ne lui ai pas parlé depuis qu'on a couché ensemble.

— Oh mon Dieu. Ça vient juste d'arriver, hein ?

— La nuit dernière, confirmai-je.

Je savais qu'il était inutile de dissimuler des informations à Jade. Elle finirait par me tirer les verres du nez.

— S'il te plaît, ne laisse pas ce malentendu s'installer, me supplia-t-elle. Tu devrais lui dire la vérité. Si c'est un homme bien, il comprendra pourquoi tu as menti. Il sait déjà que tu es allée là-bas pour une bonne raison. Il a dû comprendre que tu cachais qui tu étais et pourquoi tu étais là.

— Je ne lui ai jamais dit pourquoi.

— Explique-lui tout ce qu'il s'est passé. Nom de Dieu, tu as traversé l'enfer. Maintenant que tu rentres à la maison, tu n'as plus aucune raison de te cacher.

Jade avait raison. Je pouvais tout dire à Liam.

— J'ai peur, admis-je.

— Tu n'as aucune raison d'avoir peur. C'est juste ton cerveau qui te joue des tours. Tu as traversé beaucoup d'épreuves, déclara-t-elle d'un ton réconfortant. Tu ne penses pas que tu devrais au moins essayer de lui faire savoir que tu tiens à lui ? Que tu n'avais pas du tout envie de lui mentir ?

— Et s'il ne comprend pas, Jade ? lui demandai-je.

— Alors c'est un salaud, déclara-t-elle. Et il ne te mérite pas.

— Et si tout ça, ce n'était que dans le but de s'envoyer en l'air ? Comme une folle attirance physique.

— Alors c'est toujours un salaud.

Je ris.

— Je ne sais pas ce qu'il veut. Ça me trouble.

— Et tu penses que ça ne le trouble pas, lui ? Il pense que tu as déjà un mec, donc ça fait de toi une femme infidèle. Tout est mieux que ça. Même être une menteuse.

Notre conversation nous mena à d'autres sujets, mais ce que Jade m'avait dit s'attardait encore dans mon esprit. Liam accepterait-il facilement mon mensonge ? Cette histoire de petit ami l'avait toujours obligé à garder ses distances.

Que se passerait-il si personne ne se tenait sur son chemin ? Serait-il différent ?

Après avoir raccroché avec Jade, je réfléchissais toujours à ce que je devais faire.

Devais-je prendre le risque de lui dire la vérité ou préserver mon cœur pour qu'il ne soit pas en miettes quand je serais obligée de lui dire au revoir ?

Chapitre 9

Brooke

Plus tard ce jour-là, j'étais blottie avec un bon livre sur l'investissement quand on frappa à ma porte. Je jetai le livre. Ce n'était pas comme si j'avais de l'argent à investir, mais j'aimais me tenir au courant des dernières informations du monde de la finance.

Je me levai, me demandant qui frappait à vingt heures.

J'ouvris la porte et me figeai quand je vis Liam sur le seuil.

Je n'avais pas eu de nouvelles de sa part de toute la journée, et mes incertitudes avaient pris le dessus.

En avait-il fini avec moi, maintenant que nous avions couché ensemble ?

S'il pensait que j'étais du genre à tromper mon petit ami, peut-être que je n'étais rien qu'un autre coup d'un soir pour lui, une façon de soulager la tension sexuelle qui existait toujours entre nous.

— Je croyais que tu travaillais, dis-je.

J'essayai de ne pas remarquer qu'il était totalement appétissant avec son jean bleu foncé et son pull noir.

Je n'aurais pas imaginé que Liam soit du genre à porter des sweats, mais cela lui allait bien. Il était le genre de mecs à pouvoir rendre un pull à capuche sexy. Vraiment, je ne savais pas grand-chose sur lui en dehors du restaurant. Je ne l'avais toujours vu porter qu'un jean et un t-shirt.

Il franchit la porte pour entrer dans le salon, qui n'était qu'à quelques pas. Mon appartement était petit.

— Tu dois larguer ton petit ami riche, déclara-t-il brusquement. C'est une ligne rouge pour moi, et je ne la franchirai pas.

Je déglutis difficilement en fermant la porte et en me mettant face à lui. Son expression était si intense que je ne pouvais pas répondre.

Il passa à autre chose.

— Pendant le temps qu'il te reste à Amesport, on va sortir ensemble. On se voit à d'autres endroits que chez Sullivan's. On fait des sorties normales pour les couples. Nous n'avons jamais connu la normalité, Brooke.

Je haussai un sourcil, me demandant ce qu'il mijotait, mais mon cœur tambourinait alors que je le regardais fixement.

— Je peux t'emmener où tu veux. Bon sang, on peut même prendre l'avion et aller n'importe où dans le monde. Tu sais que je ne suis pas exactement dans le besoin, côté finances. Je ne suis qu'un millionnaire, mais j'en ai beaucoup, des millions. Ça n'est peut-être pas terrible à côté de la surabondance de biens qu'ont les milliardaires de cette ville, mais je pourrais ne plus jamais travailler de ma vie, vivre de façon extravagante, et avoir encore des billets à brûler.

Il avait raison. Liam avait atteint les neuf chiffres sur les marchés financiers, dans ses investissements et ses comptes en banque. Je m'étais chargée de ses impôts. Je savais qu'il était blindé. Mais quel était le rapport avec nous ?

— Je ne veux pas d'argent, dis-je d'une voix tremblante.

Il avança jusqu'à se trouver en face de moi.

— Alors qu'est-ce que tu veux, Brooke ? Dis-le, et je m'assurerai que tu l'aies. La seule exigence, c'est que tu te débarrasses de l'autre mec. Tu ne l'aimes pas. Je te connais assez pour savoir que tu n'aurais jamais couché avec moi si tu étais amoureuse de quelqu'un d'autre.

Dieu seul sait que j'aurais aimé ne pas te mettre dans la catégorie des infidèles, mais cette histoire va plus loin. Je le sais. Je ne peux pas tenir à une femme qui trompe son mec.

Je pris une brusque inspiration, mes poumons mourant d'envie de recevoir de l'oxygène.

— Tu tiens à moi ? demandai-je prudemment.

Frustré, il passa une main dans ses cheveux.

— Oui, je tiens à toi. J'en ai assez, des conneries.

À ce moment, Liam avait l'air si vulnérable que je voulais me jeter dans ses bras et faire en sorte que tout aille bien. Mais j'étais l'objet de son tourment, donc je ne bougeai pas.

Il ne s'était pas simplement envolé après avoir couché avec moi. Je connaissais Liam, et il avait dû penser toute la journée à ce qu'il s'était passé… tout comme moi.

— Tu n'es pas au restaurant, dis-je.

Je ne me dis pas que mon commentaire n'avait rien de brillant. Évidemment qu'il n'était pas au Sullivan's. Il se tenait devant moi.

— Tessa y est, grommela-t-il. Si tu es d'accord avec les conditions, elle me remplacera plus souvent, et j'engagerai quelqu'un qui prendra ta place pour qu'on passe du temps ensemble.

Je savais que je devais fermer la bouche et arrêter de l'observer avec des yeux écarquillés, mais je n'étais pas sûre de savoir comment accomplir cela.

Il voulait… sortir avec moi ? Nous avions déjà couché ensemble.

— On a déjà eu des rapports, dis-je.

J'avais toujours l'impression que tout ce qu'il se passait était irréel.

Je n'avais jamais vu Liam agir de cette façon, et j'étais plus que perplexe.

L'essentiel, c'était qu'il tenait à moi, et c'était difficile à comprendre. Même si j'avais soi-disant trompé quelqu'un avec lui, il voulait toujours sortir avec moi et que l'on ait une relation plutôt normale.

Bon sang ! Je lui devais bien la vérité.

— Je n'ai pas de petit ami, laissai-je échapper.

J'étais incapable de m'en empêcher. Il s'était lui-même mis en danger en venant ici. Je devais moi aussi révéler la vérité.

Il me regarda brusquement.

— Qu'est-ce que tu veux dire ?

Je passai à côté de lui et m'assis sur le canapé pour avoir quelque chose de solide sous moi.

— Le mec avec qui tu m'as vue était mon frère aîné, Noah. Il est venu voir comment j'allais. Le jet appartenait à Evan Sinclair.

C'était un soulagement de forcer ces mots à sortir de ma bouche, mais cela me laissa nerveuse.

— Pourquoi est-ce que tu m'as dit que c'était ton petit ami riche ? demanda-t-il, confus.

Je serrai mes doigts sur mes cuisses.

— Tout d'abord, ma famille n'est pas riche. Nous avons vécu dans l'incroyable pauvreté toute notre vie. Nous réunissons toujours de l'argent pour aider mon plus jeune frère, Owen, à payer l'école de médecine. Il est résident, maintenant, donc il aura fini dans un an ou deux. Ensuite, je ne t'ai jamais dit que Noah était mon copain plein aux as. Tu l'as supposé. Je n'ai simplement pas contredit ton histoire. Je ne le pouvais pas. Si je l'avais fait, il y aurait eu des questions auxquelles je ne pouvais répondre. Je me cachais, Liam. Et j'étais effrayée. En plus, j'avais promis à Evan et à Noah que je ne révélerais rien. Je ne pouvais pas briser cette promesse. Ils se sont tous les deux pliés en quatre pour m'aider, et ils essayaient de me protéger.

Le visage de Liam était impassible et indicible.

— Alors il n'y a jamais eu personne d'autre ?

Je secouai la tête.

— Non. Tu as raison quant à la femme que je suis. Je ne pourrais jamais coucher avec quelqu'un si je suis engagée avec un autre. Je devrais d'abord rompre.

J'étais à la fois enchantée et terrifiée que Liam ait pu m'analyser aussi bien sans même vraiment savoir qui j'étais.

— Je ne peux pas dire que je ne suis pas soulagé, mais j'aurais aimé que tu me dises la vérité, grommela-t-il.

— Je le voulais. J'ai eu envie de te le dire tellement de fois. Je te faisais confiance, Liam. Mais j'ai fait une promesse que je ne pouvais briser.

Nos regards restèrent rivés l'un à l'autre. Je souhaitais qu'il voie la sincérité dans mes yeux.

Il leva la main.

— Arrête, Brooke. Ne sois pas désolée. Je comprends, tu as fait ce que tu pensais être bien.

— Mais je ne suis pas obligée d'apprécier ce que j'ai fait, déclarai-je solennellement. L'année a été difficile, pour moi.

— Mais c'est terminé, commenta-t-il. Maintenant, tout ce que je dois faire, c'est te convaincre de sortir avec moi. De passer du temps avec moi, Brooke. Pas de pression. On sait tous les deux que ce qu'il s'est passé hier soir n'arrive pas tous les jours. Bon sang, j'ai trente-cinq ans, et je n'ai jamais ressenti ça.

— Ça ne m'était jamais arrivé non plus, avouai-je.

— Est-ce qu'on a vraiment envie que ça s'arrête ? demanda-t-il d'une voix rauque.

Ses iris verts étaient agités, et je ne pus résister à l'envie de me jeter au feu en lui disant tout.

— Non. Je n'ai jamais voulu ignorer ce qu'il y avait entre nous, et j'ai su dès le premier jour qu'il y avait une alchimie. Simplement, je ne… pouvais pas être moi.

Il secoua la tête.

— Ça n'a pas d'importance. Je t'ai vue.

Mon cœur palpita.

— Je sais.

Je marquai un temps d'arrêt avant de demander :

— Qu'est-ce qu'on fait à partir de là, Liam ? Moi, je n'en ai aucune idée.

— On s'amuse, ensemble. On met toute notre âme dans ce qu'on fait. N'est-ce pas ce que les gens font pendant les rencards ? J'espère te convaincre de rester, me prévint-il. Je veux que tu le saches avant qu'on commence.

Mon cœur était remonté dans ma gorge, et je ne pouvais parler. Aucun mec ne s'était un jour inquiété que je reste avec lui ou non. J'avais connu quelques amourettes, à l'université, mais aucune n'était devenue une véritable relation.

— Je n'ai jamais eu de vraie relation, avant, admis-je.

Il me sourit.

— Je ne peux pas non plus dire que j'en ai eu. Mais on peut inventer au fil du temps.

Je lui souris, ravalant mes larmes qui voulaient couler rien que parce qu'il tenait à moi.

— Marché conclu.

Il me prit dans ses bras et me fit tourbillonner dans le salon.

— Tu viens juste de faire de moi un homme heureux, Brooke. Et ce n'est pas facile à faire.

Je ris lorsqu'il reposa mes pieds par terre. Il y avait tellement de choses sous l'extérieur revêche de Liam. Peut-être que c'était un peu intimidant, mais tout comme il m'avait vue, moi aussi j'avais compris qui il était. Il m'avait attirée dès le premier jour où j'étais arrivée au restaurant pour y travailler.

— Je crois que j'aime te rendre heureux, dis-je.

Je passai mes bras autour de son cou.

Ses yeux prirent une teinte d'un vert plus profond.

— Nom de Dieu ! J'aime ton odeur. C'est comme de la vanille douce.

— C'est mon gel douche. J'ai pris un bain, tout à l'heure.

J'utilisais le même savon depuis des années, et personne n'en avait jamais commenté l'odeur. Honnêtement, c'était assez subtil, donc j'étais presque sûre que Liam était le seul à pouvoir le remarquer.

— C'est presque comme les cookies au sucre, songea-t-il.

— Vanille et sucre, confirmai-je.

— Assez bon pour être mangé. Est-ce que je t'ai déjà dit que c'étaient mes goûts préférés ?

J'essayai d'éclaircir les pensées obscènes dans mon esprit pour éviter d'imaginer Liam en train de me dévorer.

Je secouai lentement la tête.

— Je l'ignorais.

Il se pencha et me donna un baiser passionné.

Lorsqu'il leva la tête, j'étais à bout de souffle.

Il me relâcha et avança dans le salon.

— Merde ! Brooke, j'ai promis que je ne te baiserais plus jusqu'à ce qu'on commence à réellement se fréquenter. On a brûlé les étapes, hier soir. J'ai brûlé les étapes, hier soir. Non pas que je le regrette. Mais pour l'instant, je veux simplement être avec toi. Je veux tout apprendre sur toi. Même si ce n'est pas facile quand je bande, ce qui arrive à peu près à chaque fois que je te vois.

Je lui souris.

— J'en ai envie aussi.

Non pas que l'idée de s'envoyer en l'air me déplaisait. L'envie serait toujours là. Mais je savais qu'il y avait tellement plus chez lui qu'un corps spectaculaire et un beau visage.

— Alors, faisons-le, dit-il d'une voix rauque.

— On couche ensemble ? le taquinai-je.

Il me lança un regard réprobateur.

— Tu vas devoir m'aider.

— Je ne suis pas sûre d'être d'une très grande aide, plaisantai-je. J'ai envie que tu me prennes presque tout le temps.

Son visage se fendit d'un sourire joyeux.

— Heureusement, je dois retourner au restaurant. J'ai promis à Tessa que je ferais la fermeture. Mais elle va me remplacer pendant un moment, et tu vas avoir quelques soirées de libres.

— Je travaille, demain ?

Il revint vers moi et releva mon menton.

— Oui, petite maline. Tu travailles. Mais je ne te promets rien, après ça. Je modifie le planning.

Croiser directement son regard alors que nous étions si proches fut intense. Mon corps mourait d'envie de l'avoir dans l'instant, mais j'essayai de repousser cette idée. Je voulais réellement apprendre à le connaître. Et si mon corps avait sa propre conscience, alors je ne quitterais plus jamais la chambre.

— Je suis désolée, marmonnai-je.

Mon cœur se serra dans mon torse parce que je lui avais menti.

Il posa ses doigts sur mes lèvres.

— Ne le sois pas. Ce n'était pas ta faute. Je ne sais pas exactement ce qu'il s'est passé, mais j'attendrai que tu veuilles en parler. Pour l'instant, ça me convient que tu ne sois pas en couple avec un autre homme.

Je soupirai quand il bougea ses doigts et m'embrassa. Ce fut court, mais si doux.

— On se voit demain, déclara-t-il d'une voix rauque en me relâchant.

Je le laissai partir, sachant que pour la seconde nuit consécutive, je n'allais probablement pas beaucoup dormir.

Chapitre 10

Brooke

La semaine suivante, Liam et moi réussîmes à passer beaucoup de temps ensemble. Nous avions assuré quelques services, mais la majorité du temps, nous traînions tous les deux, loin du restaurant.

Pendant ces jours, je découvris que Liam aimait la nourriture autant que moi.

Il était venu avec moi pour mon dîner chez Evan et Miranda.

Et je l'avais accompagné dîner chez Xander et Samantha.

Nous eûmes un repas remarquable à Boston parce que Liam jurait que tous les restaurants étaient meilleurs là-bas. Je n'étais pas sûre qu'ils soient *meilleurs*. Sullivan's servait de la nourriture assez géniale. Mais dans la grande ville, les restaurants étaient clairement *plus chics*.

Quand on était pauvre, enfant, on mangeait tout ce qu'on pouvait se permettre d'acheter, ce qui consistait généralement en un ragoût dans lequel nous jetions tous les restes, ainsi que des sandwichs pas chers. Ce n'était pas idéal, pour une gamine obsédée par la nourriture, mais je n'avais pas vraiment pensé à ça jusqu'à ce que Liam commence à me faire vivre orgasme culinaire sur orgasme culinaire. J'étais presque certaine d'avoir pris quelques kilos, ces derniers jours, mais je n'allais certainement pas m'en plaindre.

Dans une période très courte, être avec Liam était devenu aussi naturel que respirer. Jusqu'ici, nous nous en étions tenus à notre accord consistant à apprendre à nous connaître sans coucher ensemble, mais j'allais au lit chaque nuit en pensant à lui. Je le désirais avec une douleur qui me rongeait et devenait de pis en pis chaque jour qui passait.

— Je suis vraiment gâtée, marmonnai-je pour moi-même.

Je m'engageai dans l'allée de la maison de Liam située en périphérie d'Amesport.

Même s'il n'était pas le genre de mec à se vanter de sa richesse, il avait ses *joujoux*. Lorsqu'il avait rénové sa maison d'enfance, les nouveaux plans avaient inclus six garages pour ranger ses véhicules, et ils étaient tous pleins. J'avais refusé de conduire les véhicules de sport luxueux, mais j'avais accepté son offre de prendre le volant d'un des deux SUV qu'il avait dans son garage.

La vie était plus facile avec une voiture.

— Ne t'y habitue pas, me rappelai-je à voix haute quand je me garai sur l'asphalte devant chez lui.

Je n'avais aucune idée de la façon dont ce conte de fées se terminerait. Je faisais confiance à Liam, mais nous n'avions pas discuté de mon départ, qui devenait de plus en plus imminent chaque jour.

Je ne veux pas être *détruite quand je serai obligée de partir.*

Alors même que je coupais le moteur du SUV, je savais que ça ne pouvait pas bien se terminer. J'étais déjà habituée à voir Liam tous les jours, et même si mon corps mourait d'envie de l'avoir, mon cœur le désirait encore davantage.

Je ne regrettais pas le temps que j'avais passé avec lui. Que nous continuions de nous fréquenter la semaine suivante ou non, ces jours seraient toujours les plus heureux de ma vie. J'avais su que je prenais un risque, mais c'était un pari que je devais faire.

Si je dois gérer les conséquences du rapprochement avec Liam, je m'en inquiéterai plus tard.

La dernière chose que je voulais, c'était passer la prochaine semaine à attendre que la bombe explose.

J'attrapai le sac de nourriture chinoise à emporter que j'avais récupéré en allant chez Liam, souriant en sortant de la voiture.

Il s'était vanté de ses capacités de pêcheur, donc nous étions censés manger du poisson frais pour le dîner. Xander et Liam étaient sortis sur le bateau de ce dernier pour pêcher, ce matin.

Ils étaient rentrés bredouilles.

Je me demandais s'il était encore vexé parce que j'avais ri et que j'avais proposé de passer prendre des plats chinois.

Liam était facile à vivre, en général, mais j'avais peut-être légèrement blessé son ego viril.

— Liam, l'appelai-je en avançant vers la porte. J'ai apporté à manger.

— Petite maline, gronda-t-il en sortant de la cuisine pour me saluer.

À quoi s'attendait-il ? J'avais quatre frères. Je devais bien avoir un mécanisme de protection pour ce traumatisme d'enfance. Ma meilleure arme avait toujours été le sarcasme.

Je passai à côté de lui pour récupérer des assiettes, mais il m'attrapa par la taille avant que j'y arrive.

— Mais je te pardonne, déclara-t-il d'une voix rauque.

Il m'embrassa avant de me relâcher.

Je frissonnai quand il me libéra. J'aimais la façon dont il ne me laissait jamais passer à côté de lui sans me toucher.

— Je ne voulais pas blesser ton ego d'homme, dis-je en riant.

— Tu ne l'as pas fait, répondit-il d'un air bourru. Je suis assez sûr de ma virilité.

— Je sais bien, marmonnai-je.

J'avançai vers la cuisine. La virilité de Liam n'avait jamais été remise en question. Il produisait plus de testostérone qu'il ne l'aurait dû.

Il me fessa malicieusement quand je posai les sacs sur le plan de travail de la cuisine.

Je couinai.

— C'était pour quoi, ça ? J'ai apporté à manger, dis-je en feignant d'être outrée.

Il croisa les bras sur son torse, et je souris.

— Ton cul est bien trop beau pour que j'y résiste.

Je me frottai les fesses en lui souriant.

— Rappelle-moi que tu deviens grincheux quand tu n'attrapes pas de poisson.

Il haussa les épaules.

— Ça arrive, mais c'était une matinée gâchée. J'aurais préféré passer du temps avec toi.

Puisque Xander et Liam avaient prévu d'aller pêcher cette semaine, je l'avais encouragé à y aller. J'avais passé une matinée agréable à traîner avec Samantha.

— J'aime les plats chinois. Et je suis ici, maintenant.

C'était pathétique, mais il m'avait manqué autant que je lui avais manqué.

— Merci, mon Dieu, gronda-t-il. Si j'avais dû écouter Xander pester une nouvelle fois parce qu'il n'avait pas attrapé de poisson, je l'aurais jeté par-dessus bord. La prochaine fois, tu viens avec moi. Je t'apprendrai à pêcher.

Je le regardai, bouche bée.

— *Tu vas* m'apprendre, à *moi*, à pêcher ?

Est-ce qu'il pensait que je l'avais encouragé à aller avec Xander parce que je ne voulais pas y aller ? Ou parce que j'étais inutile sur un bateau ?

— Je pêche depuis que je suis assez vieille pour marcher, dis-je avec mauvaise humeur.

— Tu pêches ?

— Évidemment. Mon frère, Aiden, m'a appris quand j'étais petite, et j'y vais autant que possible. Il est pêcheur professionnel et il fait un peu de compétition, parfois, mais j'ignore son arrogance pour avoir la chance d'aller sur l'eau.

— Alors j'imagine que je ne pourrai plus te raconter de conneries sur mes histoires de pêche.

Je souris.

— Non. Mes frères essaient tout le temps. On arrête d'écouter quand ils en arrivent au passage où le poisson s'échappe.

Lorsqu'une femme a quatre frères, comme moi, elle apprend à être tolérante. Mais Jade et moi devions tracer une ligne quelque part.

Je pris des assiettes dans le placard et commençai à verser les plats dedans. Liam attrapa les couverts ainsi que les boissons pour que nous puissions nous asseoir à table.

Une fois que nous fûmes installés devant nos assiettes de nourriture chinoise, Liam demanda :

— Alors vous êtes tous proches ?

— Autant qu'une femme peut l'être de ses frères qui savent tout. Honnêtement, ce n'était pas facile de grandir avec toute cette testostérone, mais Jade et moi avons réussi à survivre, plaisantai-je.

— C'est comment ? s'enquit-il. De grandir avec autant de frères et sœurs ?

— Pour nous, c'était effrayant, parfois, et je ne peux qu'imaginer ce que c'était pour Noah. Quand ma mère est morte, il était tout ce que j'avais. Et il n'était pas assez vieux pour assumer quatre enfants, il n'avait même pas dix-huit ans. Il a grandi bien trop vite, mais nous étions habitués à nous impliquer pour l'aider. Ma mère travaillait beaucoup. Nous vivions avec des revenus assez faibles, donc nous essayions tous de ramener de l'argent pour l'aider. Ça a continué comme ça une fois qu'elle est morte.

Liam fronça les sourcils.

— Vous n'aviez pas de famille qui pouvait vous aider ?

— Aucun de nous ne connaissait notre père. Quand il est mort, nous étions tous assez jeunes. Ma mère était enfant unique. Ses parents sont morts quand elle avait dix-neuf ans. Elle parlait de quelques personnes, mais ils ne sont jamais venus nous voir en Californie.

— C'est dur, remarqua Liam d'une voix rauque.

— Ce n'était pas si mal, expliquai-je. On a tous appris à devenir indépendants, et nous prenions soin les uns des autres.

Liam aspirait sa nourriture. J'imaginais qu'il n'avait pas beaucoup mangé, aujourd'hui.

Lorsqu'il s'arrêta pour boire de l'eau, il demanda :

— Est-ce que tu vas me parler de ta vie et de la raison pour laquelle tu es partie ?

Je faillis m'étouffer avec mes nouilles. Ce n'était pas comme si je ne m'étais pas attendue à cette question, mais pas pendant que nous mangions du riz et du poulet kung pao. Je bus une gorgée d'eau avant de répondre.

— En fait, je suis surprise que tu ne l'aies pas évoqué plus tôt.

— Ce n'est pas parce que je n'ai pas envie de te connaître, Brooke. J'imagine que je voulais simplement te donner du temps pour que tu me fasses confiance.

J'observai son magnifique visage et la sincérité dans son regard. Mon cœur fondit.

— Oh, Liam. Ce n'est pas une question de confiance. Je ne sais simplement pas par où commencer.

Il haussa les épaules.

— Par où tu veux. Mais finis d'abord de manger.

Je recommençai à déguster mon plat, ne m'interrompant que quand mon ventre fut rempli.

Jetant un coup d'œil à l'assiette de Liam, je remarquai qu'il avait tout englouti.

— Il y en a encore, lui proposai-je.

Il leva une main.

— J'ai fini.

Nous nettoyâmes rapidement, puis allâmes nous asseoir dans le salon. Je me servis un verre de Merlot, et Liam se prit un soda.

Nous nous étions mis à l'aise sur le canapé avant que je dise :

— Je ne suis plus serveuse. Du moins, je n'en ai pas toujours été une en Californie.

J'imaginais que ma carrière était une bonne façon de commencer mon explication.

— Je ne l'aurais jamais deviné, répondit-il. Tu es sacrément douée pour ça.

— Mon CV est réel. J'ai été serveuse à partir du moment où j'ai pu légalement commencer à travailler, jusqu'à ce que j'obtienne mon diplôme. Je suis analyste financière. Je travaillais dans une petite branche de la Banque Nationale à Citrus Beach avant de venir ici.

— J'aurais dû savoir que tu travaillais dans la finance puisque tu aimes si étrangement les nombres.

Il s'arrêta avant de m'interroger.

— C'est à cause d'un mec ? Un harceleur ?

Je voyais bien que Liam était prêt à tuer ce mec bizarre et inexistant dans ma vie quand je lui souris.

— Non. Ce n'était pas ça.

Il sembla soulagé.

— Merci, mon Dieu.

Je n'étais pas convaincue que la vérité soit meilleure.

— J'ai travaillé à la banque pendant un an. J'adorais mon travail. Et puis un jour, il y a eu un braquage.

Je vis Liam se tendre manifestement, néanmoins, je continuai de parler.

— Je me trouvais dans le bureau du fond, mais j'ai entendu les tirs. Quand je suis allée voir ce qu'il s'était passé, mes amis et collègues étaient morts. Le salaud avait tiré sur les deux guichetières et le sous-directeur.

Mon cœur battait la chamade alors que je revivais cette horrible journée, mais je ne pouvais pas m'arrêter.

— Moi aussi, j'aurais dû mourir. Mais la police est arrivée sur le parking pendant qu'il remplissait un sac en papier avec l'argent trouvé dans les tiroirs-caisses. Il a dû s'échapper par l'arrière.

Liam tendit sa main vers la mienne et m'attira contre son torse, ses bas s'enroulant autour de ma taille pour me tenir.

— Tu n'es pas obligée d'en parler, Brooke. Tu n'es vraiment pas obligée de me raconter, déclara-t-il d'une voix rauque.

Je secouai la tête.

— Je le veux. J'en ai envie.

— Tu pleures, me contredit-il.

— Ce n'est pas grave. Parfois, on a le droit de pleurer.

Je l'avais compris après avoir emménagé à Amesport. J'avais eu besoin de faire mon deuil en privé, et la petite ville côtière m'avait offert cette opportunité. Je voyais un psychologue du coin qui avait gardé mes secrets en sécurité, et je m'étais lentement frayé un chemin au travers de la peur, de la colère, de la culpabilité et du désespoir.

— Alors, termine, confirma-t-il.

— Il m'a vue, Liam. Mais il a vu la police aussi. Alors j'imagine qu'il a décidé de prendre le risque de laisser un témoin plutôt que de se faire arrêter.

Je m'arrêtai pour prendre une inspiration tremblante.

— Tous mes collègues sont morts pour la somme totale de mille deux cents dollars.

Une fois que j'eus raconté toute l'histoire, je serrai Liam dans mes bras et sanglotai.

Brooke

Je n'étais pas sûre de savoir combien de temps il me fallut pour soulager ma tristesse sur l'épaule de Liam, mais ce fut agréable de pleurer. Je ne l'avais pas fait pour mes amis depuis des mois. Même si j'avais réussi à passer outre leur mort inutile, je n'avais pas véritablement guéri du traumatisme de ce qu'il s'était produit à la banque, ce jour-là.

— Nom de Dieu, chérie ! Je suis tellement désolé, déclara Liam avec sa bouche contre mes cheveux.

J'acquiesçai et reculai afin de voir son visage.

— Ils étaient mes amis.

Il m'embrassa sur le front.

— Je sais.

Il marqua une pause avant de demander :

— La police l'a attrapé ?

— Oui. Il était déjà connu des forces de l'ordre, donc ça n'a pas été difficile pour eux de le trouver. J'ai témoigné, puisque j'étais la seule personne à pouvoir le faire, et la vidéo de surveillance avait aussi tout enregistré. Tout était clairement visible sur les images, et la police avait tout un tas de preuves l'inculpant. Il ne sortira jamais de prison.

— Ça a dû être une période difficile pour toi, dit-il en me berçant doucement. Tu n'arrivais pas à passer à autre chose parce que tu devais témoigner.

— Après le procès, il y a eu tout un cirque médiatique, lui expliquai-je. Des journalistes voulaient mon histoire de *seule survivante*. Et je n'étais pas prête à parler. Je n'avais pas fait le deuil de mes amis. Je n'avais pas encore trouvé de sens à tout ce qui était arrivé. J'avais l'impression d'être en transe, Liam, et j'avais des journalistes de toutes les chaînes de télé principales devant ma porte. Ils suivaient même ma famille. Je devais m'enfuir.

— Je dois comprendre qu'ils ont arrêté ? déclara platement Liam.

— Ils ont enfin abandonné et se sont intéressés à une autre histoire, plus actuelle. Nous nous étions dit qu'ils finiraient par le faire. Mais Noah et Evan s'inquiétaient, donc ils m'ont fait jurer de garder le silence sur mon identité et sur ce qu'il s'était passé. Tous les deux, ils voulaient simplement m'accorder du temps.

Il me caressa les cheveux.

— Je suis ravi qu'ils l'aient fait.

— Même si j'ai dû mentir ?

— Je me fiche totalement que tu aies été obligée de mentir à tous les habitants d'Amesport. C'était une question de sécurité et de santé mentale, Brooke. Rien n'est plus important que ça.

Mon cœur se réchauffa en entendant ses mots, mais il se serra ensuite brusquement dans ma poitrine. Liam était si fort, et il avait tout de même mal pour moi. Je pouvais le sentir.

— Amesport m'a permis de m'échapper, lui expliquai-je. Tout comme toi. Je t'en serai toujours reconnaissante. J'ai pu guérir, ici. Peut-être que je n'ai pas encore les idées parfaitement claires, mais j'ai passé la partie la plus difficile, je pense. Et les journalistes ne s'intéressent plus du tout à mon cas depuis un mois ou deux. La voie est libre, je peux rentrer à la maison.

Son visage était sombre.

— Tu es sûre que tu es passée à autre chose ?

— Je fais occasionnellement des cauchemars, mais je refuse de laisser un criminel changer la façon dont je vis ma vie. Je ne peux pas voir le croquemitaine là où il n'est pas. Mes amis ne le souhaiteraient pas. Ils n'ont plus la chance de vivre leur vie, alors j'ai l'impression que, d'une certaine façon, je dois le faire pour eux.

— Tu veux retrouver ton travail ? demanda-t-il d'une voix triste. Je secouai la tête.

— Pas dans cette banque. Je ne peux pas retourner là-bas. Mais j'aimerais retrouver ma profession.

J'avais toujours su que je ne pourrais jamais retourner dans la même banque. La vue de mes amis, le sang et la terreur que j'avais ressentie ce jour-là me hanteraient. Mais travailler en tant qu'analyste financière me manquait.

— J'aurais dû savoir que tu étais une sorcière de la finance, grommela-t-il. Dieu sait que tu l'as prouvé en travaillant sur mes comptes et mes impôts qui étaient un véritable foutoir.

— Ce n'est pas exactement ma spécialité, dis-je en essuyant les larmes de mon visage. Mais j'aime les maths et les nombres.

— Ouais. Il y a quelque chose de vraiment tordu, là-dedans, répondit-il.

Je lui souris faiblement. Liam était peut-être un homme d'affaires génial, mais il n'était pas doué pour les détails.

— J'adore m'occuper des chiffres. Les maths, c'est concret. Soit c'est cohérent… soit ça ne l'est pas. Je ne suis pas à l'aise avec l'incertitude, expliquai-je.

— Je sais pourquoi tu ne me l'as pas dit. Mais je ne peux pas m'empêcher de me dire que j'aurais aimé le savoir. J'aurais pu t'aider. Tu aurais pu m'en parler, dit Liam d'une voix mécontente.

— En tant qu'ami ? le taquinai-je.

— Si c'était ce que tu voulais. J'aurais été tout ce que tu voulais que je sois, si ça avait pu t'aider à traverser cette période difficile.

Mes yeux se gonflèrent à nouveau de larmes, mais je les rejetai. Liam provoquait mon cœur avec sa volonté de me soutenir.

— Nous ne nous connaissions pas vraiment, lui rappelai-je. Et je ne suis pas certaine que j'aurais été prête pour en parler.

— Je ne sais pas comment arranger les choses, me confia-t-il.

Puis, frustré, il passa une main dans ses cheveux.

— Tu n'as pas à arranger les choses, le contredis-je.

Mes frères avaient essayé de le faire, eux aussi, et ils s'étaient découragés en se rendant compte qu'ils ne le pouvaient pas. J'imaginais que c'était un truc de mec.

— Ce n'est pas possible. J'apprécie simplement que tu sois là pour moi, maintenant.

— Je n'irai nulle part, Brooke. Je serai là pour toi à chaque fois que tu auras besoin de moi.

Je soupirai en m'appuyant contre lui. Il tendit la main pour attraper la mienne, et je le laissai faire.

— La vie n'est pas toujours comme on aimerait qu'elle soit, commentai-je.

J'étais émotionnellement épuisée après avoir dit à Liam ce qu'il s'était produit. Encore aujourd'hui, ce n'était pas facile d'en parler sans avoir des flash-back.

— Je sais, confirma-t-il. Mais c'est ce qu'on fait des conneries qui nous arrivent qui compte.

Je me redressai et attrapai le verre de vin que j'avais posé sur la table basse. Je bus quelques gorgées, puis me blottis à nouveau contre Liam.

Il connaissait tous des défis de la vie. Lui-même avait dû en affronter plusieurs. Mais j'adorais son attitude.

Je pris une autre gorgée de Merlot.

— Il vaut mieux y aller doucement avec l'alcool, m'avertit-il. Généralement, ça te fait perdre ta culotte.

Je ris et reposai le verre sur la table.

— Seulement une fois, lui dis-je. Et je voulais enlever mes vêtements *et* les tiens. Mais je n'étais pas ivre, cette nuit. Je savais simplement ce que je voulais.

— Ah oui ? s'enquit-il d'une voix rauque.

— Liam, je te désire depuis presque un an. Bien sûr que je le savais.

Peut-être que le vin m'avait aidée à me lâcher, mais je ne m'étais pas enivrée depuis l'université.

— Qu'est-ce que tu voulais ?

— *Toi.*

— Tu m'as eu, déclara-t-il sèchement. Mais je n'étais clairement pas dans ma meilleure forme.

— Tu m'as entendue me plaindre ? plaisantai-je. C'était assez génial.

— Petite maline, répliqua-t-il d'un ton amusé.

— C'était une nuit incroyable pour moi, Liam, répondis-je d'une voix plus sérieuse.

Peut-être qu'il avait pensé que tout s'était passé trop vite, mais je n'avais jamais voulu qu'il regrette quoi que ce soit. Pour ma part, je ne le regrettais pas.

— Pour moi aussi, avoua-t-il. J'aurais seulement aimé que mon cerveau soit plus fort que mon pénis. Je voulais plus que simplement m'envoyer en l'air.

— Qu'est-ce que tu voulais ?

— Ça.

Il serra ma main.

— Je voulais qu'il y ait un « nous ».

Je comprenais. Mon besoin de Liam était au-delà d'une simple attirance physique, même si mon corps était douloureux en pensant à lui.

— Alors ça ne te dérange pas de ne pas coucher avec moi ? demandai-je curieusement.

— Mon Dieu, si, se plaignit-il. Ça me dérange, et je suis en manque depuis une semaine. Mais je devrais y être habitué. J'ai eu envie de toi depuis le jour où tu es entrée dans le restaurant. Et ça n'a fait qu'empirer au fil du temps.

Je sentis un élan de chaleur entre mes cuisses alors que Liam se repositionnait sur le canapé.

Je savais qu'il ressentait le même désir, tranchant comme un rasoir, que moi.

J'étais prête pour que Liam me prenne.

— Je vais survivre, marmonna-t-il.

Je me rassis et me tournai pour le regarder.

— Et si je disais que j'étais prête ? demandai-je, essoufflée.

Il secoua lentement la tête avec un air de regret.

— Je te répondrais que la soirée a été difficile pour toi. Quand tu seras réellement prête, je serai là.

Je suis prête ! Je suis tellement prête !

Mon corps lui hurlait de me prendre, mais mon cœur hésita quand je vis l'air pensif sur son visage.

— Alors j'imagine que je vais y survivre aussi.

Il posa une main sur ma nuque et m'attira près de lui.

— Embrasse-moi, exigea-t-il.

Liam n'eut pas besoin de le demander deux fois. Je passai mes bras autour de son cou et allai audacieusement à la rencontre de ses lèvres, l'embrassant avec toutes les émotions refoulées qui se tapissaient en moi.

Il remonta mon haut et caressa la peau nue dans mon dos tout en dévorant ma bouche.

J'avais peut-être commencé la chose, mais Liam la finit spectaculairement. Quand il me relâcha, j'étais en train de haleter.

— Tu ne peux pas m'embrasser comme ça et t'attendre à ce que je ne réagisse pas.

Jésus Marie Joseph ! Quelle femme pouvait s'empêcher de vouloir un homme qui l'embrassait comme s'il voulait absorber toute son âme ?

Il était comme une drogue dont je ne pouvais me désintoxiquer.

— Je veux que tu réagisses, déclara-t-il d'une voix rocailleuse. Mais c'est un enfer quand tu le fais.

Il m'attira sur lui et passa ses bras autour de mon corps.

— Merci, chuchotai-je près de son oreille.

La chose dont j'avais besoin après avoir partagé tant de choses avec lui, c'était me sentir en sécurité. C'était ce qu'il m'offrait, et même plus.

— Pourquoi ? demanda-t-il.

— D'être toi, répondis-je.

Il n'y avait pas d'autre façon de lui dire ce que cela signifiait pour moi de pouvoir lui faire confiance au point de partager mon chagrin.

— De rien. Mais je suis nul, la plupart du temps, dit-il d'une voix traînante.

Je ricanai en entendant sa réponse. Liam minimisait chaque compliment que je lui faisais, donc je n'en étais pas vraiment surprise.

Il se moquait de lui-même, mais il savait exactement qui il était, et c'était un trait de caractère que je trouvais fascinant.

En plus d'être l'homme le plus canon que je connaissais, il était également l'un des plus réfléchis, même s'il aimait faire comme si ce n'était pas le cas.

— Je suis surprise qu'aucune femme n'ait vu au-delà de tes faux-semblants avant, dis-je.

Encore une fois, je me demandais comment Liam pouvait être célibataire.

Il était tout ce qu'une femme pouvait rechercher chez un homme.

— Je t'attendais, déclara-t-il presque immédiatement.

Je n'avais aucun commentaire malicieux à faire. Liam Sullivan venait de voler complètement mon cœur.

Liam

Mais comment ça, *elle est partie*, bordel ?

Je savais que je hurlais sur ma sœur, mais elle n'aurait jamais dû m'annoncer que Brooke était partie pour la Californie au milieu de la salle du Sullivan's.

Heureusement, Tessa venait tout juste de fermer, donc nous étions seuls.

J'étais rentré de ma réunion à Boston à temps pour m'occuper du ménage afin que ma sœur puisse rentrer chez elle.

Le trajet avait été long. J'aurais peut-être dû passer la nuit en ville. Mais j'avais été impatient de retourner à la maison pour voir Brooke. Cela faisait quelques jours qu'elle m'avait avoué tout ce qui lui était arrivé et, visiblement, elle allait bien. Néanmoins, je n'étais pas à l'aise à l'idée de la laisser seule pour la journée. Malheureusement, j'avais une réunion avec mes fournisseurs que je n'avais pas pu annuler, et j'avais une raison plus personnelle de vouloir aller en ville.

Tessa arrêta de débarrasser les tables et se tourna pour me faire face.

— Elle a dit qu'elle reviendrait. Elle avait seulement besoin de quelques jours pour s'occuper de certaines choses sur la côte ouest. Honnêtement, elle avait l'air un peu secouée.

— Quel genre de choses ? demandai-je, suspicieux.

Brooke était loin d'avoir fait ses valises, hier. Et ce soir ou demain, j'avais prévu de travailler sur les détails de son séjour ici, pour qu'elle reste.

Bon sang, tout était planifié, donc j'étais absolument certain qu'elle voudrait rester.

Et maintenant, elle était partie.

— Je ne sais pas, expliqua Tessa. Elle n'a pas donné beaucoup d'informations à part qu'elle reviendrait. Elle n'est pas partie pour toujours, Liam.

— Elle n'a rien dit d'autre ?

Nom de Dieu ! Je voulais que Tessa me donne plus de détails. Le départ de Brooke n'avait aucun sens.

Ma sœur secoua la tête d'un air de regret.

— Son service était terminé, et Evan était là pour la récupérer. Elle a laissé les clés de ton SUV dans ton bureau. Elle n'a pas dit grand-chose. Elle semblait un peu… dépassée.

Evan ?

— Je vais tuer ce salaud, grognai-je. Pourquoi est-ce qu'il était là, bordel ? Quel est le rapport avec le départ de Brooke ?

— J'aurais dû poser plus de questions, s'excusa Tessa. Mais j'avais des clients. Elle m'a simplement demandé de te dire qu'elle reviendrait.

— Ça ne me réconforte pas du tout, là, répondis-je brusquement. Mais ce n'est pas ta faute, Tessa.

Ma sœur n'était que la messagère. Si Brooke était partie, je ne doutais pas une seconde que cela avait un rapport avec Evan Sinclair. Mais pourquoi avait-il *voulu* qu'elle parte ? Pourquoi la pousser ? Quand nous avions dîné avec Miranda et lui, ils avaient tous les deux paru impatients à l'idée qu'elle reste et trouve un travail dans le coin.

Tessa avança et posa une main réconfortante sur mon bras.

— Peut-être que ce n'est pas ma faute, mais je suis quand même désolée. Je ne savais pas que c'était si important qu'elle parte pour quelques jours.

Je passai une main dans mes cheveux et tentai de prendre une grande inspiration.

— Ce n'est pas si important que ça, mais il se passe autre chose.

— Pourquoi penses-tu ça ?

Je lui expliquai brièvement ce qui était arrivé à Brooke et pourquoi elle était ici. Je racontai à ma sœur notre accord pour sortir ensemble et apprendre à nous connaître. Ce n'était pas comme si Tessa ignorait ce que je ressentais pour Brooke. Nous nous étions baladés partout en ville, ces neuf ou dix derniers jours.

Tessa acquiesça quand je terminai.

— Tu es folle d'elle, déclara-t-elle. Mais c'est réciproque. Elle aussi, elle tient à toi.

— Mais elle n'a jamais prévu de partir, Tessa. Je sais qu'elle ne le voulait pas. On avait des plans pour les prochains jours.

— Peut-être qu'il s'est passé quelque chose en Californie. Elle a beaucoup de famille, là-bas, Liam.

L'un des membres de sa famille était-il malade ? C'était une possibilité.

— Est-ce qu'elle avait l'air en colère ? demandai-je.

Tessa fronça les sourcils, son front se plissant alors qu'elle réfléchissait à la question.

— Pas vraiment en colère, songea-t-elle. Elle avait plus l'air choquée que furieuse. Comme si elle vivait la situation tel un zombie. Je ne pense pas qu'elle avait les idées claires. Elle était assez vague, comme si elle-même ne comprenait pas réellement pourquoi elle partait.

— Je parie qu'Evan connaît la raison, déclarai-je rageusement. Je n'ai aucun doute sur le fait qu'il l'a convaincue de s'en aller. À quelle heure est-elle partie ?

— Elle a pris un service en journée, ensuite elle est rentrée chez elle. Elle paraissait heureuse jusqu'à ce qu'elle passe ici avec Evan pour te transmettre le message selon lequel elle reviendrait. Elle est partie depuis des heures.

J'avais été au courant de ça. Elle avait échangé le service du matin avec l'un de mes employés à temps partiel pour avoir fini avant que je rentre à la maison.

Je sortis mon portable et appelai son numéro. Je tombai sur le répondeur.

— Merde ! jurai-je. Pourquoi est-ce qu'elle ne m'a pas appelé ?

— Elle a dit qu'elle n'arrivait pas à te joindre.

Je mis mon téléphone dans ma poche et tentai de me reprendre, pour le bien de ma sœur.

— Rentre à la maison, dis-je d'une voix plus calme. Je m'occuperai de ça plus tard.

— Tu penses qu'elle va bien ? s'enquit Tessa.

L'expression de ma sœur était marquée par l'inquiétude.

Bon sang, je devais contrôler ma colère. Tessa n'avait pas su ce que Brooke avait traversé. Elle n'avait pas non plus été au courant que je m'apprêtais à faire de ma relation avec Brooke quelque chose de permanent, si celle-ci m'acceptait.

— Je suis sûr qu'elle va bien, rassurai-je Tessa.

Je savais pourtant que Brooke n'allait probablement pas bien du tout.

— Vas-y, rentre chez toi. Merci de t'être occupée du restaurant pour moi.

Quelque chose s'était produit. Brooke n'était pas une femme frivole. Il était impossible qu'elle ait pris la décision impulsive de partir. *Quelque chose* l'avait poussée à faire ce choix.

— Tu en es sûr ? demanda-t-elle, hésitante.

— Rentre, répétai-je d'une voix aussi tranquille que possible.

Ma sœur se jeta dans mes bras et m'étreignit en disant :

— Appelle-moi. Je veux savoir ce qui lui est arrivé.

Je l'enlaçai également.

— Je t'appelle plus tard.

Dès que Tessa fut partie, j'eus envie d'aller confronter Evan pour savoir ce qu'il avait dit à Brooke afin qu'elle reprenne l'avion direction la Californie.

Je regardai Tessa monter sans problème dans sa voiture avant de sauter dans la mienne.

* * *

Une demi-heure plus tard, je ne tirais aucune satisfaction d'une conversation avec Evan pour la deuxième fois en quelques mois. La dernière fois, j'étais parti sans obtenir de réponse. Il était clair que ça n'allait pas se reproduire.

— Je ne comprends pas, déclarai-je d'une voix rauque. Qu'est-ce qu'elle devait régler avec sa famille ?

Evan était assis sur le canapé, dans son salon, bien trop loin pour que je le frappe depuis le fauteuil face à lui. Mais je pouvais assez facilement bondir par-dessus la table basse, et je me demandai d'ailleurs combien de temps cela me prendrait.

Il avait été horriblement silencieux quant au départ de Brooke.

— Je ne sais pas si je devrais t'en parler. C'est *sa* vie privée.

— Elle ne m'a même pas appelé, beuglai-je. Je n'ai pas eu de nouvelles d'elle *du tout*. Ce matin, on avait planifié des choses pour les prochains jours, et ce soir, elle est partie ? Mais qu'est-ce qu'il s'est passé, Evan ? Tu étais là-bas avec elle. Tu dois être au courant de quelque chose.

Auparavant, j'avais aimé et respecté Evan Sinclair. Maintenant, plus vraiment. Il était têtu et refusait de me donner des informations sur Brooke et ce qu'il avait dit pour la faire fuir.

— En fait, j'en sais beaucoup, déclara-t-il calmement. Je n'ai simplement pas la possibilité de te le dire, à moins que cela l'aide. Elle a besoin de temps, Liam. Elle prévoit de retourner à Amesport. Elle a laissé la plupart de ses affaires ici.

— Je ne peux pas lui accorder de temps parce que je suis terriblement inquiet, expliquai-je laconiquement.

— Ah, tu es au courant de son histoire, supposa-t-il.

— Je suis au courant, répondis-je, irrité. Et je suis hors de moi depuis le jour où elle m'a dit qu'elle avait failli mourir aux mains d'un crétin qui n'avait aucun respect pour la vie humaine.

J'étais resté calme devant Brooke, mais j'avais eu envie de vomir mes tripes quand elle m'avait révélé la vérité, et je me sentais toujours protecteur quant à sa sécurité. Il ne faisait aucun doute que cela resterait ainsi pour toujours.

Si la police n'était pas arrivée exactement à ce moment-là, s'ils étaient venus quelques secondes plus tard, Brooke serait morte.

— Tu sais que les chances qu'une telle chose se produise à nouveau sont minuscules, me répliqua calmement Evan. Déjà, les risques pour que ça se produise la première fois étaient assez minces.

— Peu importe, lui crachai-je. Tout ce que je sais, c'est ce que je ressens. Elle a traversé l'enfer, et je vais m'assurer que ça n'arrive plus.

Evan haussa les épaules.

— Parfois, nous n'avons pas le contrôle sur les événements de nos vies.

Rationnellement, je le savais. Mes parents étaient morts dans un accident tragique, et ma sœur était devenue sourde à cause d'une maladie. Il était impossible de savoir si et quand ce genre de choses allait se produire. Le problème, c'était que je ne pensais pas comme un homme raisonnable.

— J'ai besoin de savoir qu'elle est en sécurité, dis-je.

Je me sentais tellement sur les nerfs que j'étais prêt à bondir sur la table et à étrangler Evan jusqu'à ce qu'il me donne plus d'informations.

— Elle est en sécurité, répondit-il aimablement. Elle a pris le jet de Jared. Elle sera raccompagnée jusqu'à chez elle. Elle n'est pas seule.

— Pourquoi le jet de Jared ?

Généralement, Evan n'avait aucun problème à prêter le sien. Il voyageait rarement, ces temps-ci.

Il me regarda fixement, m'examinant comme un spécimen de laboratoire.

— Parce que j'avais le sentiment que tu aurais besoin du mien, répondit-il sèchement.

Mon humeur s'enflamma.

— Tu es un salaud manipulateur, grondai-je. Tu savais que j'irais la chercher.

Il acquiesça.

— Je m'en étais rendu compte, oui.

Je me levai, énervé qu'il nous manipule, Brooke et moi.

— Et ça te donne le droit d'interférer dans cette histoire ? hurlai-je. Tu n'es rien pour elle. Au moins, *moi*, je tiens à elle. Pour toi, elle n'est rien qu'un pion de plus.

Il se leva également, son visage passant d'impassible à furieux.

— Elle n'est pas un autre *pion*, me corrigea-t-il. Et j'ai toujours eu mes raisons d'interférer. Dans ce cas, j'ai *toutes* les raisons de le faire. Le vrai nom de famille de Brooke est Sinclair. C'est ma *sœur*.

Liam

Mes fesses atterrirent sur le fauteuil quand je me rassis pour digérer l'information divulguée par Evan. Des pensées traversaient mon esprit à toute allure, et j'essayai désespérément de comprendre la bombe qu'il venait de faire exploser.

— Est-ce qu'elle est au courant ? demandai-je d'une voix distante et sidérée.

Evan reprit sa position initiale sur le canapé.

— Elle le sait, maintenant. Je devais lui dire. Ses frères et sa sœur sont au courant depuis presque un an. Je ne pouvais plus lui cacher cette information.

Alors pendant tout ce temps, pendant tous les mois qu'elle avait passés ici, elle ne s'était pas rendu compte qu'Evan était de sa famille ? Je secouai la tête, ne croyant pas que ma Brooke était une Sinclair.

— Comment ?

Ce mot était le seul que je pouvais faire sortir de ma bouche.

— Elle l'aurait déjà su si le braquage de la banque n'avait pas eu lieu juste avant que Noah et moi l'annoncions à ses frères et sa sœur. Mais nous venions à peine de découvrir la vérité quand l'incident s'est produit. Brooke souffrait énormément, et on ne voulait pas qu'elle ait à gérer quoi que ce soit d'autre.

— J'ignorais que son nom de famille était Sinclair.

Brooke s'était toujours fait appeler par le nom de Langley.

— Un nom de fiction, dit Evan en acquiesçant. Elle a toujours été une Sinclair. Elle supposait que le nom qu'on avait en commun était une coïncidence. Il n'est pas rare.

Je n'avais jamais demandé à Brooke si son nom de famille était réel. Cela n'avait jamais été une priorité.

— Comment ta sœur a-t-elle fini sur la côte ouest ? Je ne comprends pas.

— La plupart des gens ne comprennent pas, déclara calmement Evan. C'est une longue histoire.

— J'ai le temps, grommelai-je. J'ai besoin de savoir. Si je vais en Californie, je veux savoir exactement à quoi m'attendre.

Evan s'enfonça sur le canapé.

— Je t'ai dit la vérité parce que je sais que tu tiens à elle. Si ce n'était pas le cas, nous n'aurions pas cette conversation.

J'attendis impatiemment qu'il continue. J'allais lui soutirer autant d'informations que possible pour tenter de comprendre ce qui arrivait à Brooke. Je me réconfortais dans le fait qu'elle était en sécurité, mais ce n'était pas suffisant à mon goût. Maintenant, je m'inquiétais de son état d'esprit.

— Même si ça ne s'est jamais su, mon père était un salaud qui nous frappait, expliqua Evan. Quand j'étais jeune, il s'est donné pour mission de m'*entraîner* à être son héritier. Les leçons étaient douloureuses, mais elles n'étaient pas *toujours* physiques, même si c'était majoritairement le cas. Ces séances étaient centrées sur les violences physiques. Il essayait toujours de me briser en me parlant de l'existence d'une autre famille, sa famille. Il me disait combien cela aurait été bien mieux si ces gamins-là avaient été ses véritables héritiers. Récemment, j'ai découvert, grâce à Noah, qu'ils ne connaissaient pas très bien leur père. Il venait les voir de temps en temps. Ils le voyaient quelques minutes, puis il s'en allait avec leur mère pour un jour ou deux. Mon père utilisait donc cette information pour me provoquer. Il n'a jamais vraiment connu ses autres enfants.

J'étais incrédule.

— Tous les frères et la sœur de Brooke sont aussi les tiens, non ?

Il acquiesça avant de continuer.

— Demi-frères et sœur, me corrigea-t-il. Nous partageons le même père. Lorsqu'il est mort, j'ai épluché tous ses papiers pour essayer de découvrir leur identité. Je n'ai trouvé que quelques photos, qui, je le supposais, étaient tout ce que la mère de Brooke avait donné à mon père. Je n'avais nulle part où chercher. Je n'étais même pas certain qu'ils soient citoyens américains. Mon père travaillait à l'international.

— Alors, qu'est-ce que tu as fait ?

— Au décès de mon père, j'ai mis une partie de son argent de côté, espérant découvrir un jour qui ils étaient. J'espérais qu'ils viendraient à moi.

Je le regardai vivement.

— Et ils l'ont fait ?

Il secoua la tête.

— Pas intentionnellement. Mais quand les sites de tests ADN et de généalogie se sont développés, je me suis inscrit sur tous ceux que je pouvais trouver. Il a fallu un long moment, mais j'ai enfin eu une correspondance.

— Noah ? devinai-je.

— Jade, me corrigea-t-il. La sœur de Brooke a des instincts de survie primitifs impressionnants, et elle était curieuse de savoir si elle avait du sang de natifs américains, puisqu'elle connaissait très peu de choses sur son père. Elle n'a découvert aucun ancêtre amérindien, mais elle m'a trouvé, moi. J'avais une correspondance en tant que demi-frère. On s'est connu juste avant le braquage de la banque. Je n'ai pas eu la chance de parler à quiconque à part Noah et Jade, avant que ça se produise.

— Alors Brooke n'a rien su, et elle a été envoyée sur la côte est ? grondai-je.

Je détestais le fait que sa famille lui ait caché toutes ces informations pendant presque un an.

— Tu penses que c'est ce que j'avais envie de faire ? cracha Evan. Brooke a traversé l'enfer. Il était impossible que je lui mette tout ça sur les épaules.

— Alors je dois comprendre qu'elle a un héritage considérable.

Je devais admettre que cela était assez sympa de voir qu'Evan les reconnaissait comme des héritiers potentiels, même si rien ne l'y obligeait. Mais j'étais toujours en colère contre lui.

— Ça t'importe ? s'enquit Evan en me regardant intensément.

— Non. J'ai plus d'argent que nous n'en aurons jamais besoin.

Evan se leva.

— Je crois que j'ai besoin d'un verre. Je te sers quelque chose ?

— Une bière, si tu en as, répondis-je d'un air distrait.

Je m'autorisais rarement à boire de l'alcool, mais ce soir, j'avais apparemment une bonne raison de briser mon abstinence habituelle.

Je m'enfonçai dans mon fauteuil, tout mon corps tendu à force d'absorber les informations qu'Evan me donnait.

Il réapparut rapidement, me tendant une bouteille de bière tandis qu'il buvait quelque chose qui paraissait légèrement plus fort. Il recommença à parler en s'asseyant.

— Comme je l'ai dit, j'étais en mauvaise posture, déclara-t-il d'une voix rauque. Je voulais tout raconter à Brooke, mais je ne voulais pas entraver sa guérison à cause d'une chose que la plupart des gens n'auraient jamais remarquée.

— Je comprends, admis-je à contrecœur. J'imagine que ce qui n'a aucun sens, c'est le fait qu'ils n'aient jamais su qui était leur père.

Evan haussa les épaules.

— Peut-être que leur mère avait prévu de leur dire, un jour, mais elle est tombée malade. D'un autre côté, je ne lui en veux pas de ne l'avoir jamais mentionné. Ses enfants supposaient qu'il était mort, c'était le cas, mais elle ne leur a jamais avoué que le mariage qu'elle pensait légal n'était pas valide. Mon père a épousé la mère de Brooke à Vegas. Il était probablement ivre et avait dû savoir que le mariage était illégal, mais il buvait beaucoup. Je suppose qu'il pensait qu'il ne se ferait jamais prendre, et il s'en moquait.

— Est-ce que la mère de Brooke l'a su ?

Evan acquiesça.

— D'après ce que je sais grâce à Noah, elle l'a découvert quand mon père est mort. Il m'a raconté qu'elle avait beaucoup pleuré, mais qu'elle était aussi furieuse. Je suppose qu'elle a découvert que mon père était déjà marié et qu'il avait une famille. Sinon, elle aurait persévéré. J'imagine qu'elle l'a découvert après sa mort et qu'elle a ensuite compris qu'il avait une épouse légitime et d'autres enfants.

Je pris une grande inspiration, puis soufflai, me demandant ce que je devais ressentir. Apprendre que votre mari, à qui vous aviez donné autant d'enfants, n'était pas réellement votre homme…

— Cela a dû être difficile pour elle, déclarai-je d'un air compatissant.

— Je suis sûr que oui, confirma Evan. J'aurais aimé qu'elle vienne me voir.

Il semblait réellement avoir des regrets, et je devais lui accorder du crédit pour son sens des responsabilités.

— La plupart des familles de milliardaire auraient refusé de lui parler, lui fis-je remarquer.

— Les Sinclair ne sont pas une famille quelconque, répondit-il. Ce n'était pas mon père qui définissait sa famille. Mais ses enfants. Tous ses enfants.

Mon estime pour Evan remonta quand je me rendis compte qu'il se sentait tout aussi responsable de ses demi-frères et sœurs que de ceux dont il partageait le père et la mère.

— Brooke a dit qu'elle avait grandi en étant pauvre.

— C'est vrai. Je pense que mon père donnait suffisamment de liquide à sa mère, quand il la voyait, pour maintenir la famille à flot. Mais une fois qu'il est mort, il n'y eut plus aucune entrée d'argent.

— Alors il vivait comme un milliardaire pendant que la moitié de ses enfants étaient à peine au-dessus du seuil de pauvreté ?

Evan acquiesça vivement.

— Après sa mort, ils n'avaient plus rien. La mère de Brooke n'avait aucune éducation supérieure. Elle était jeune quand il l'a épousée, et elle est morte tôt d'un cancer du sein. Tout ce qu'elle a fait, d'après Noah, c'est travailler. Jusqu'à… ce qu'elle meure.

— Quelle vie de merde, jurai-je. Pour eux.

— Étrangement, ils sont tous devenus des humains décents, m'informa Evan. Ils s'activent tous pour avoir une meilleure vie. C'est leur mère qui a dû leur apprendre à se comporter ainsi. Cette capacité ne leur vient certainement pas de mon père. En fait, je vois très peu de similarités entre mon père et eux.

— Ils sont proches parce qu'ils se sont entraidés, ajoutai-je.

Evan avait un sourire fantôme sur son visage quand il dit :

— En fait, ils sont assez extraordinaires.

Je remarquai qu'il paraissait fier des Sinclair, mais j'étais plus intéressé par le fait de savoir ce qui était arrivé à Brooke.

— Alors, pourquoi Brooke a-t-elle dû partir ?

— J'ai peur qu'elle ait été un peu méfiante à l'égard de mes motivations. Je ne suis pas sûr de savoir si c'est parce qu'elle ne me fait pas confiance ou si elle a peur que toute sa famille ait changé pendant qu'elle était ici, à Amesport.

— C'est le cas ? l'interrogeai-je.

— Non, en grande partie. J'admets que j'ai dû leur accorder à tous un peu de temps pour digérer l'information, mais on s'est finalement parlé, les yeux dans les yeux. Ce n'était pas notre faute, mais ce n'était clairement pas la leur non plus. Les personnes responsables sont mortes, et nous étions tous victimes des circonstances. Mes frères, ma sœur et moi, nous avions l'argent, mais nous devions subir les sévices de mon père. La famille de Brooke avait un véritable lien que l'argent ne pourrait jamais briser, mais ils vivaient mal parce qu'ils étaient pauvres. Je ne suis pas sûr de savoir ce qui était mieux ou pire. Il a fallu des années à ma sœur et à mes frères pour devenir aussi proches.

— Alors ils sont tous devenus riches, soudainement ?

Cela avait dû être un choc pour les Sinclair de Californie.

— Milliardaires, reprit Evan. Je me suis aussi bien occupé de leur part de l'héritage que de la mienne. Ils ont tous reçu plus d'un milliard de dollars une fois que j'ai eu divisé les fonds.

J'avais été élevé dans une famille de classe moyenne, et je n'étais toujours pas habitué au fait d'être millionnaire. Je ne pouvais qu'imaginer ce que Brooke et ses frères et sa sœur devaient ressentir.

— Est-ce qu'ils l'ont tous accepté ? demandai-je, curieux.

— Pas immédiatement. Il leur a fallu un moment pour découvrir ce qu'ils avaient le droit de toucher. Ils étaient ses héritiers, même si le mariage avec leur mère était illégal. Il était déjà marié, avait des enfants, et il a choisi de devenir bigame, mais ils ont tout de même son sang.

— Tu es sûr qu'il n'a pas de famille ailleurs ?

Evan but une gorgée de sa boisson et déglutit avant de répondre.

— Aussi sûr que possible. Je pense que je l'aurais déjà découvert. Les photos que j'ai vues représentaient clairement Noah, Seth et Aiden. Ils me l'ont confirmé.

— Quel genre de personne fait une telle chose ? me demandai-je à voix haute.

— Tu n'as jamais connu mon père, répondit sèchement Evan. Sois-en heureux. Il n'aurait jamais dû avoir d'enfant. Non seulement il était psychotique, mais aussi sadique. La vie n'était pas facile dans notre maison, et chacun de nous vivait dans la peur de l'une de ses engueulades. C'était un soulagement pour nous quand il n'était pas en ville.

— Est-ce que Hope et tes frères sont au courant ? m'enquis-je.

Je me demandai si quelqu'un d'autre qu'Evan avait été informé.

— Pas encore. Je ne pouvais pas prendre le risque que l'un d'entre eux fasse une gaffe avec Brooke, mais on se réunit tous ce week-end. Je leur dirai quand ils seront tous là. Je peux heureusement dire que je ne doute pas une seule seconde qu'ils transmettront tout leur amour à nos demi-frères et sœurs.

Evan semblait fier, et je ne pouvais lui en vouloir. Je savais qu'il avait raison. Xander adorerait avoir une très grande famille, et j'étais prêt à parier que Hope voudrait rencontrer ses nouvelles sœurs et le reste de sa famille. La seule sœur Sinclair était en infériorité numérique depuis des années.

— Hope adorera Brooke, dis-je sans y réfléchir.

— Je sais, dit Evan d'une voix traînante. Elle aura enfin des femmes de son côté.

— Je pense que cela va détruire Brooke d'apprendre que sa famille lui a caché ça, l'avertis-je.

— Elle finira par comprendre que nous avons été mis dans cette mauvaise situation contre notre gré. Soit on lui mentait, soit on lui disait tout alors qu'elle ne pouvait rien supporter de plus, émotionnellement parlant. Aucun de nous n'a aimé lui mentir ou lui cacher des choses.

— Alors elle est retournée en Californie pour prendre des nouvelles de sa famille ?

— Plus pour les confronter, lui expliqua-t-il. Elle avait beaucoup d'insultes en tête, surtout pour moi, et je suis sûr qu'il lui en restait encore beaucoup pour sa famille. Elle est furieuse. Et évidemment blessée. Tout le monde a changé, à Citrus Beach. Je pense qu'elle avait besoin de voir s'ils étaient encore un peu les mêmes.

— Changé… comment ?

Evan but cul sec le reste de sa boisson avant de répondre.

— Ses frères et sa sœur ont commencé à investir leur argent il y a des mois. Noah a quitté son job de programmeur informatique pour lancer sa propre entreprise. Il a développé une application de rencontres qui est assez maline. Maintenant, il a enfin les ressources pour lancer ses propres idées. Seth et Aiden ont quitté leurs boulots, aussi. Seth était dans la construction, et Aiden était pêcheur professionnel. Ils ont lancé des start-up dans leurs domaines, maintenant. Jade peut faire bien plus que de travailler pour les autres, maintenant qu'elle a son doctorat. Owen est toujours résident, mais il n'a plus à s'inquiéter de payer son prêt étudiant à temps.

Combien de personnes aimeraient avoir cette même bénédiction dans leur vie ? Enfin, je ne pensais pas que les frères et la sœur de Brooke ne le méritaient pas, mais cela avait vraiment dû les époustoufler.

— Pourquoi ai-je l'impression que tu es impliqué dans toutes leurs affaires ? demandai-je, suspicieux.

— Je ne le suis pas. Je les aide quand ils ont besoin de moi, et je suis heureux de le faire. Mais je n'ai aucun intérêt financier dans leurs entreprises. Je suis presque sûr que mes frères et Hope sauteront sur l'occasion de leur offrir leur expertise également.

Je n'aurais jamais imaginé qu'Evan puisse profiter de ses nouveaux demi-frères et sœurs. Mais à présent, j'étais certain qu'ils n'allaient pas se lancer sans les meilleurs conseils financiers possible.

— Je savais que tu les aiderais, clarifiai-je.

Être assisté d'Evan Sinclair était probablement le rêve de tout entrepreneur.

Il était solennel lorsqu'il répondit :

— Tout ce que je veux pour eux, c'est d'être capables d'avoir la vie qu'ils auraient dû avoir.

Je me levai, incapable de rester assis sans vouloir rejoindre Brooke.

— Je dois réunir quelques affaires pour pouvoir partir en Californie. Je dois voir Brooke.

— Je voulais la protéger de tout ce qui pouvait lui faire du mal, après tout ce qu'elle a traversé, mais nous ne nous sommes pas séparés en bons termes, termina Evan avec un air de remords qui ne lui ressemblait pas.

— Tu vas devoir attendre ton tour, si tu veux la protéger, grondai-je.

Mes instincts possessifs allaient à toute allure, et je ne voulais rien d'autre qu'être avec Brooke pour la préserver de tout ça. Peut-être qu'elle finirait par voir cette situation comme un événement positif, ce que c'était, mais à cause de ce qui lui était arrivé, elle avait besoin de normalité, pour l'instant. Et devenir héritière de la famille Sinclair était aussi loin de la normalité qu'on pouvait l'imaginer.

Evan acquiesça.

— Dois-je comprendre que tu vas accepter mon offre de t'emmener en Californie ?

— Oui.

Je me fichais totalement de savoir comment j'irais sur la côte ouest, mais le jet d'Evan était le moyen le plus rapide.

— Prends soin d'elle, exigea Evan.

— Compte là-dessus, confirmai-je.

Je lui tendis ma main.

— Nous viendrons tous au mariage, me prévint Evan.

Je pouvais voir qu'Evan s'inquiétait, même s'il ne le montrait pas explicitement.

— Elle finira par apprécier ce que tu as fait, dis-je d'une voix rauque.

J'avançai vers la porte d'entrée et ajoutai :

— Elle est simplement submergée par les émotions, en ce moment.

Brooke ne s'était évidemment pas arrêtée deux secondes pour prendre le temps de réfléchir à tout ça avant de partir. Si cela avait été le cas, elle en serait arrivée à la même conclusion que moi. Evan avait fait tout ce qu'il pouvait pour elle, ses frères et sa sœur, avant même d'avoir la confirmation de qui ils étaient.

J'avais encore des questions, mais aucune d'entre elles n'était aussi vitale que mon besoin de retrouver Brooke. Je devais savoir qu'elle allait bien.

Sa maison ne serait plus exactement sa *maison* puisque tout avait changé. Si elle avait besoin d'une chose stable dans sa vie, en ce moment, ce serait moi.

Sans un mot, j'avançai vers la porte d'entrée, ne voulant pas m'arrêter jusqu'à ce que je sache qu'elle allait bien.

Brooke

J e suis tellement désolée, Brooke. Aucun de nous n'a voulu te faire de mal.

Ma sœur Jade pleurait sur le canapé de mon appartement de Citrus Beach.

Merci, mon Dieu, l'un d'entre nous vivait toujours au même endroit.

Je pense que j'étais la seule qui avait gardé la même vie en partant.

Chaque membre de ma famille, à part moi, possédait une résidence près de l'océan, dans la zone la plus prestigieuse de la ville. Je n'avais vu la demeure d'aucun de mes frères ni de ma sœur pour l'instant, mais j'étais réconfortée par l'*uniformité* de l'appartement dans lequel j'avais vécu pendant plusieurs années.

— Je le sais, dis-je à contrecœur.

Je voulais rester en colère face au fait que chaque membre de ma famille m'avait trahie, y compris Evan, mais je digérais lentement la réalité. Ils avaient tous agi en fonction de leur amour et de leur inquiétude.

— Ça me tuait presque à chaque fois que je te parlais. Tu es ma meilleure amie. Je voulais être capable de tout partager avec toi, déclara Jade, en larmes.

Mon cœur se serra, sachant que garder le secret avait été difficile pour tout le monde.

J'avais été escortée par la sécurité d'Evan jusqu'à ce que j'entre enfin dans mon appartement. Je les avais congédiés, mais ils n'avaient pas arrêté de me surveiller jusqu'à ce que Jade arrive chez moi. Ils avaient dû recevoir des instructions d'Evan selon lesquelles ils ne devaient pas partir avant que ma famille soit chez moi.

J'avais quitté Amesport l'esprit surchargé, et je n'avais pas cru Evan. Néanmoins, alors que toute l'ampleur de la chose se dévoilait et que Jade me disait tout ce qu'il avait fait pour ma famille, je ne pus m'empêcher de regretter les déclarations téméraires que j'avais faites en le quittant.

— Evan ne méritait pas ce que je lui ai dit, informai-je Jade.

Elle essuya ses larmes en répondant :

— Il n'a rien fait d'autre que nous aider depuis qu'il nous a trouvés. Il plaisantait en disant qu'ils n'avaient jamais manqué d'argent, et peut-être que c'était le cas. Mais j'ai été époustouflée qu'il ait économisé et investi pour nous durant toutes ces années. J'imagine que nous faisons tous confiance à son jugement, maintenant. Il est l'un des hommes qui s'y connaissent le mieux en business dans le monde.

— J'étais furieuse, expliquai-je. Je lui ai dit des choses méchantes qu'il ne méritait pas. Honnêtement, je pense que j'avais peur.

— Parce que les choses ont changé ? demanda Jade pensivement.

J'acquiesçai.

— Ça me semble si peu raisonnable, maintenant, mais j'imagine que je m'attendais à ce que les choses reviennent à la normale. Et elles sont tellement différentes. Tout a changé.

— Nous n'avons pas changé, Brooke, me dit doucement Jade. Nos frères sont toujours des idiots, tout comme ils l'étaient quand nous étions pauvres. Je ne pense pas que l'argent nous a changés. Ça nous permet simplement de faire plus de choses, comme nous aurions aimé le faire avant. Et nous avons une plus grande famille. Malheureusement, ça inclut de nouveaux grands frères qui interfèrent dans nos vies, mais ils vivent à l'autre bout du pays, ce qui est une bonne chose, selon moi.

— Nous avons une sœur, dis-je.

J'étais toujours abasourdie par tout ce qui s'était produit quand je n'étais pas là.

Ma colère se dissipait. Maintenant que j'avais appris toute l'histoire grâce à Jade, je pouvais me mettre à la place de ma famille. Cela avait été une situation dans laquelle aucune solution n'était la bonne. Je ne pourrais pas dire que j'aurais fait le contraire si les rôles avaient été inversés, et c'était maintenant Jade qui avait besoin de temps pour guérir.

D'accord, ils auraient pu me le dire plus tôt, mais tout ceci avait été incertain. Les journalistes n'avaient pas arrêté de rôder à Citrus Beach jusqu'à il y a un mois ou deux, et personne n'avait su s'ils se remontreraient un jour.

Jade sourit avec mélancolie.

— À quoi ressemble-t-elle ? Tu l'as rencontrée, non ?

— Oui. Mais je ne savais pas qu'elle était ma sœur, répondis-je.

J'étais désolée de ne pas avoir appris à mieux connaître Hope Sutherland quand j'étais à Amesport. La belle rousse avait croisé mon chemin à plusieurs reprises, mais je ne lui avais pas beaucoup parlé.

J'étais une serveuse, elle était une cliente.

C'était plus ou moins tout ce que je savais sur ma nouvelle sœur.

— Elle est sympa, dis-je à Jade. Elle est belle. Et je peux dire qu'elle aime son mari. C'est un couple assez puissant, mais tu ne devines pas, en les voyant, qu'ils sont méga riches.

Jade me lança un regard douteux.

— Ils étaient tous les deux milliardaires avant de se marier, me rappela-t-elle.

— Ils ne sont pas comme ça, Jade. Hope photographie la nature sauvage, et elle est douée.

J'avais vu ma nouvelle sœur prendre des photos, de loin, à de nombreuses reprises, l'année dernière.

— Aucun des Sinclair d'Amesport n'a une attitude hautaine. Ils ont donné des millions pour aider la ville, et la plupart sont beaucoup moins intimidants qu'Evan. Hope a simplement l'air… heureuse.

Les quelques fois où je l'avais vue avec son mari, Jason Sutherland, dans le restaurant de Liam, ils avaient été comme n'importe quel couple qui s'adorait mutuellement.

Jade acquiesça.

— Bien. J'espérais qu'aucun d'eux ne serait coincé. Evan essaie d'agir comme s'il se fichait de tout ou de tout le monde, mais je sais que ce n'est pas le cas.

— Il adore sa femme, dis-je d'un air songeur. En fait, tous les mariages Sinclair me paraissent heureux.

— Xander Sinclair, il est comment ? demanda-t-elle curieusement. Sa carrière a été si tragique. J'adorais sa musique.

J'avais été une fan de la musique de Xander, moi aussi, donc le voir en vrai avait été un peu intimidant.

— Il est marrant, mais avant, il ne l'était pas. D'après ce que j'ai compris, il était plus ou moins un reclus en pleine guérison quand il a rencontré sa femme, Samantha.

— Mais il va bien, maintenant ? s'enquit-elle nerveusement.

Cela allait me prendre un moment pour reconnaître Xander comme mon frère, mais je pouvais voir que Jade avait déjà passé cette étape. Elle s'inquiétait pour quelqu'un qu'elle ne connaissait pas parce qu'il faisait partie de sa famille.

— Il va bien. C'est l'un des meilleurs amis de Liam. Ils se moquent tout le temps l'un de l'autre, comme des frères, mais on voit bien qu'il y a un véritable lien entre eux deux.

— J'aimerais tous les rencontrer, déclara Jade d'une voix mélancolique.

Je m'enfonçai dans mon fauteuil inclinable, essayant de me mettre à l'aise. J'avais à peine eu le temps de m'habituer au fait d'être dans mon appartement avant que Jade ne franchisse la porte, en larmes. Elle était bouleversée parce qu'elle avait dû garder le secret pendant des mois.

— Je suis sûre que tu les rencontreras, répliquai-je. Evan a dit qu'il allait annoncer la nouvelle à tout le monde après me l'avoir dit. Ils le savent probablement, maintenant.

Jade me jeta un coup d'œil curieux.

— Écoute, je sais ce que tu ressens. Nous avons traversé cela tous ensemble pendant que tu étais partie. C'était assez irréel. Tu ne dois pas avoir l'impression d'être seule. Tu ne l'es pas. Aucun de nous ne s'est encore habitué à tout ça.

Ils avaient traversé tout ça, alors que j'en étais encore au stade du choc initial. J'étais toujours dans la difficulté et l'incrédulité.

— Je n'arrive toujours pas à croire que maman n'en a parlé à personne.

— Nous étions des enfants, me fit remarquer Jade. *Ses* enfants. Je pense qu'elle essayait de nous protéger.

— Elle n'a même pas eu la chance de le confronter sur sa bigamie, réfléchis-je. Evan a dit que son père était probablement mort avant que maman ne sache la vérité.

— Elle était vraiment seule, murmura Jade.

— J'aime penser qu'elle aurait fini par nous le dire, mais Noah avait déjà terminé le lycée quand elle est décédée, et elle ne lui a rien raconté.

— Je ne pense pas que l'un de nous sache si elle comptait nous avouer la vérité ou non, en fin de compte, répondit Jade.

— Difficile de croire qu'elle ne l'a jamais reconnu. Il a toujours été l'un des hommes les plus riches du monde.

Je me demandais comment ma mère avait pu ne jamais le voir dans les médias.

— Elle n'évoluait pas réellement dans ces cercles sociaux là, et quand avait-elle le temps de lire les journaux sur les riches ? Elle travaillait tout le temps, répliqua ironiquement Jade. Je pensais la même chose jusqu'à ce que Noah me fasse remarquer qu'elle ne regardait jamais la télé et que le père d'Evan ne montrait pas vraiment son visage en dehors du monde de la finance. Il n'était pas un homme généreux ou philanthrope.

— Tu l'appelles toujours le père d'*Evan*, lui dis-je, légèrement amusée. C'est *notre* père aussi.

Jade plissa le nez.

— Peut-être que je n'ai pas vraiment envie de le revendiquer, admit-elle. C'était une ordure.

Je croisai les bras.

— Alors dans ce cas-là, tu n'aurais aucun lien avec Evan.

— D'accord… puisque tu le formules ainsi, je vais revendiquer mon père si je peux avoir de nouveaux frères et une sœur, me taquina-t-elle.

Je ris.

— Mon Dieu, tu m'as manqué.

J'étais revenue à la maison avec une tonne de colère en moi, mais pas autant que lorsque j'avais quitté Amesport. J'avais eu beaucoup de temps pour réfléchir à tout ça, pendant mon vol jusqu'à la maison, et je ne pouvais pas rester furieuse contre Jade ou mes frères. Ce n'était réellement pas leur faute. J'avais simplement été très confuse, et j'avais eu si peur pour ma famille. Au milieu du vol, j'avais regretté d'avoir quitté Liam sans lui avoir parlé. Oui, je prévoyais de revenir, mais il méritait tellement plus que les informations balbutiantes que j'avais transmises à Tessa.

Je passai mes bras autour de mon corps, me sentant vulnérable. J'aurais aimé avoir la forte présence de Liam, ici, à Citrus Beach. Peut-être qu'il ne parlait pas beaucoup, mais je pouvais toujours le *sentir* là, pour moi. Il était si solide et si réel que j'avais fini par me reposer sur lui.

— Toi aussi, tu m'as manqué, Brooke, répondit Jade avec insistance.

Nous nous étions déjà enlacées, presque au point de nous étrangler, et nous avions pleuré comme des madeleines dès qu'elle était entrée dans mon appartement.

— J'ai hâte de voir mes frères, demain, mais je dois retourner à Amesport. Je n'ai pas dit au revoir à Liam, lui expliquai-je avec une voix pleine de regrets.

— Est-ce que tu vas lui dire au revoir ? s'enquit-elle.

Je haussai les épaules.

— Je ne sais pas. On n'a jamais été très loin.

Liam et moi avions seulement été très heureux pendant un moment. Peut-être nous rendions-nous compte tous les deux que demain n'était jamais acquis, et cela nous avait simplement convenu de passer du temps ensemble. Malheureusement, à mon avis, j'aimais bien trop être avec lui. J'étais complètement accro à lui, et je ressentais déjà les douleurs de l'éloignement.

— Je n'espère pas, déclarai-je finalement.

— Tu es amoureuse de lui, me poussa Jade.

Elle essayait de m'extirper plus d'informations.

Je soupirai.

— Je suis presque sûre de l'avoir toujours été.

J'étais en sécurité avec une sœur en qui j'avais confiance. Si je ne pouvais admettre devant elle ce que je ressentais, je ne le dirais jamais à personne.

— Je ne suis pas certaine que ça ait uniquement été du désir dès le début, mais ça s'est transformé en quelque chose que je n'aurais jamais pu imaginer. Tu me connais. Je n'ai jamais vraiment cru aux fins heureuses pour toujours. Nous sommes des survivants.

— Les gens changent, dit doucement Jade. Je sais que nous avons toujours dû travailler dur pour survivre, mais ça ne veut pas dire que nous ne pouvons pas tous avoir notre propre fin heureuse aussi.

— Et la tienne ? m'aventurai-je.

Elle ricana.

— Soudain, je semble être maudite par les mecs pleins aux as. Enfin, peut-être pas par *beaucoup* d'entre eux, puisque je les évite si je le peux. Ils ne sont pas tous aussi sympas que les Sinclair. Mais un de plus, c'est suffisant.

Je haussai les sourcils.

— Tu as rencontré quelqu'un ?

Elle marqua une pause pendant un moment avant de répondre à contrecœur :

— Eli Stone. C'est un véritable salaud.

Je connaissais le nom. Elle n'eut pas besoin de dire un mot de plus.

— *Le* Eli Stone ? *Eli Stone* qui est super canon et super riche ?

La plupart des gens connaissaient les milliardaires de nom, surtout les femmes. Grâce à lui, les tatouages étaient devenus sexy, mais je n'étais pas à fond sur cet art. Enfin, j'aimais ceux de Liam parce qu'ils avaient une signification et étaient joliment exécutés. Et puisqu'Eli avait tant de hobbys sportifs, c'était assez facile de trouver une photo de lui torse nu.

— C'est un salaud pourri gâté et collet monté, déclara fielleusement Jade.

J'avais rarement vu Jade réagir aussi négativement envers quiconque, donc j'étais plus que légèrement surprise.

— À ce point-là ?

— Nous nous sommes… pris la tête, quelques fois.

— J'ai entendu dire que tu avais la tête dure, répondis-je d'un ton amusé.

— J'ai eu envie de lui mettre un coup de poing, mais j'ai dû me rappeler qu'il était riche et que j'allais probablement être arrêtée pour agression, donc j'ai dû me retenir, dit-elle d'un air déçu.

Ayant été élevées par trois grands frères, Jade et moi étions parfaitement capables de nous battre salement quand nous le devions.

— Il a toujours eu l'air d'un mec détendu, songeai-je.

Je pensais à ce que j'avais lu et vu sur le jeune milliardaire.

— Crois-moi sur parole, il ne l'est pas, déclara-t-elle d'une voix sèche.

— Tu pourrais toujours lâcher nos frères sur lui, dis-je en riant.

— Je ne le ferai pas. Ce salaud se vengerait. Il n'est pas du genre sympathique.

Jade hésita avant de changer de sujet.

— Oublie Eli Stone. Alors, qu'est-ce que tu vas faire à propos de Liam ? Je meurs d'envie de le rencontrer.

Je savais qu'elle détournait délibérément la conversation, et je la laissai faire. Sa haine pour Eli Stone semblait la mettre de mauvaise humeur, quelque chose que je n'étais pas habituée à voir chez ma sœur. Jade aimait plus ou moins tout le monde, et elle n'était jamais rancunière.

Apparemment, Eli Stone n'était pas du genre à s'excuser.

— Je vais reprendre l'avion pour Amesport avec le jet privé de notre frère, puis je vais m'excuser auprès de Liam de l'avoir quitté si brusquement. Et je devine que je verrai où l'on en est après la discussion.

— Peut-être que tu devrais juste le séduire, contempla Jade. Les mecs aiment ça.

Je ne doutais pas que si je poussais Liam, il allait briser sa promesse de ne pas coucher avec moi dans un moment endiablé, mais une confiance s'était développée entre nous, et je ne voulais pas la gâcher.

— Je pense qu'on ferait mieux de parler, d'abord, répondis-je.

Jade acquiesça.

— Ensuite, vous pouvez coucher ensemble.

Je levai les yeux au ciel. Elle n'avait évidemment que le sexe en tête, et je dus me demander si sa haine envers Eli Stone était aussi profonde que ça. Je ne l'avais jamais vue réagir avec autant de fureur envers un homme.

Je me levai.

— Je ferais mieux d'aller dormir. Je pense qu'on en a toutes les deux besoin, et je vais évidemment devoir gérer nos frères, demain matin. Il est tard.

J'allais voir mes trois aînés au matin. Apparemment, ils avaient laissé Jade tout m'expliquer. Pour le moment, j'étais épuisée. Je ne savais pas s'il s'agissait d'une fatigue émotionnelle ou physique, mais j'avais l'impression d'avoir atteint les limites de ce que je pouvais absorber en une journée.

Jade se leva brusquement et me serra dans ses bras. Je la tins un peu plus longtemps que d'habitude. Depuis le braquage, j'étreignais tous ceux que j'aimais avec plus d'amour qu'auparavant, peut-être parce que j'avais appris à quelle rapidité tout cela pouvait disparaître.

Une fois que j'eus fermé la porte, après le départ de ma sœur, je déambulai dans mon petit appartement à une chambre, me sentant déconnectée.

Je n'avais plus ma place ici. Être à la maison n'avait plus cette même sensation de confort que j'avais toujours ressentie, avant le braquage à la banque.

Néanmoins, ma place n'était pas non plus à Amesport. Oui, j'avais de la famille là-bas, maintenant, mais je ne connaissais aucun d'entre eux.

J'avais appris que l'endroit où je vivais n'était qu'un lieu. Mais le seul moment où je me sentais en sécurité, c'était quand j'étais avec Liam, et actuellement, il n'était pas là.

Des larmes coulèrent de mes yeux alors que je marchais dans mon petit appartement, n'ayant plus l'impression d'être chez moi.

Dégoûtée de moi-même, de m'être autant autorisée à m'apitoyer sur mon sort, je cherchai dans un tiroir un vieux pyjama et des sous-vêtements. J'avais apporté très peu de choses en Californie, mais il me restait encore quelques vêtements que j'avais laissés derrière moi.

Je me déshabillai, sentant la fatigue dans chaque partie de mon corps, mes mouvements lents et lourds alors que j'entrais dans la petite douche.

Pendant un moment, je me sentis légèrement revivre grâce à l'eau qui coulait sur mon corps épuisé, néanmoins, mon moment d'inspiration se termina brutalement. Mon soulagement se mua en terreur quand un corps immense se heurta à moi en entrant dans ma douche.

Chapitre 15

Brooke

—Liam ? m'exclamai-je en me retournant, pétrifiée. Il était glorieusement nu, mais il me fallut un moment pour reconnaître exactement qui était avec moi, même si je connaissais et fantasmais si souvent sur ce corps masculin nu particulièrement magnifique.

— Je t'ai fait peur ? demanda-t-il d'une voix rauque qui me fit replier les orteils. Tu n'as pas ouvert quand j'ai frappé, mais la porte n'était pas fermée, un fait dont nous devrons d'ailleurs discuter plus tard.

Même si Citrus Beach était une petite ville, je m'étais toujours sentie relativement en sécurité dans mon appartement. Généralement, je fermais à clé, mais j'avais dû être si distraite que j'avais oublié.

Je pris quelques inspirations profondes, encourageant mon cœur à ralentir. Nous étions proches l'un de l'autre, puisque la cabine de douche était petite, mais il ne me touchait pas. Je savais qu'il attendait que je comprenne sa présence sans la redouter.

Je levai finalement les yeux, mon cœur tambourinant avec *autre chose* que de la peur. Son beau visage était le plus chaleureux que j'avais jamais vu.

— Liam, dis-je avec plus d'assurance.

Je me jetai ensuite dans ses bras.

Il m'attrapa fermement, m'attirant contre son corps puissant et mouillé.

— Tu m'as tellement manqué, lui dis-je précipitamment.

Mon cœur s'emballa parce que Liam était là, avec moi.

Tout ce que j'avais découvert sur mes parents en une période si courte me pesait, mais je retenais tout à l'intérieur. Je ne voulais pas en parler devant Jade. Elle avait déjà traversé ce que je vivais maintenant. Je ne souhaitais pas qu'elle revienne en arrière. Mes frères et ma sœur avaient déjà eu le temps d'en discuter et d'accepter la vérité. Moi, non.

J'accueillis ses bras forts autour de moi. Sa loyauté me fit m'effondrer, et je sanglotai, confuse, déversant ma peur et ma colère sur son épaule solide.

Ses bras se resserrèrent autour de moi, et il me tint simplement pendant que je pleurais, caressant mes cheveux mouillés tout en murmurant d'une voix rauque dans mon oreille :

— Tout ira bien, ma chérie. Je te le promets.

Je le croyais. Tant qu'il était ici avec moi, j'avais l'impression que tout irait bien.

Liam me permettait de garder les pieds sur terre, il me permettait d'enfin exprimer le chagrin que je ressentais depuis que j'avais appris la façon dont ma mère avait été trahie.

— Elle ne méritait pas ce qu'il lui a fait, Liam, bredouillai-je en pleurant. Tout ce qu'elle voulait, c'était nous protéger, mais elle était tellement seule.

— C'était un salaud, mon cœur, fredonna-t-il. Il y a un endroit spécial en Enfer pour les hommes comme lui, grogna-t-il.

Il fallut plusieurs minutes pour que mes larmes s'apaisent et que mes idées s'éclaircissent.

— Qu'est-ce que tu fais ici ? demandai-je d'une voix tremblante, après avoir pleuré tout mon soûl.

— À ton avis ? répondit-il de sa voix paresseuse de baryton. Je suis venu pour toi.

— Merci, dis-je faiblement.

Je passai mes doigts sur sa mâchoire.

— J'avais vraiment besoin de toi. J'allais revenir à Amesport après avoir vu mes frères, demain, mais je suis ravie que tu sois ici. Tu es évidemment au courant de tout. Comment tu l'as découvert ?

Il était clair que Liam savait, pour mon père.

— J'étais prêt à tabasser Evan pour qu'il me raconte tout, mais il a craché les informations sans que ce soit nécessaire. J'étais tellement inquiet, Brooke. J'ai perdu le compte du nombre de fois où j'ai essayé de t'appeler.

Il *paraissait* inquiet. Je le voyais dans ses yeux.

— Je suis désolée. J'aurais dû attendre avant de venir ici, mais j'étais… dépassée. Je ne savais plus à qui faire confiance.

Puisque nous avions tous les deux pris l'avion, nous n'avions pas réussi à nous joindre. Moi aussi, j'avais essayé de l'appeler.

Il me poussa contre le mur de la douche, me collant au carrelage froid.

— Tu peux me faire confiance, grogna-t-il. Je ne t'ai jamais menti. Peut-être que je me protégeais à cause du petit ami que je pensais que tu avais, mais je ne suis pas un menteur.

J'acquiesçai.

— Je sais.

— Ne refais plus ça, exigea-t-il.

— Je ne le ferai plus, confirmai-je volontiers.

Je savais que je n'aurais pas apprécié s'il avait fait la même chose avec moi.

— Je n'arrive pas à croire que tu sois ici, dis-je.

Je passai mes mains sur son corps musclé pour me prouver qu'il était réel et que ce n'était pas une illusion.

— Je serai toujours là quand tu auras besoin de moi, jura-t-il solennellement.

— J'aurai toujours besoin de toi, répondis-je, hypnotisée par son regard fascinant.

Je me perdis dans le vert profond de ses yeux, ne sachant pas si je voulais qu'on me retrouve.

— J'en ai assez de ma promesse, gronda-t-il. J'en ai assez de faire comme si je n'avais pas besoin de te baiser jusqu'à ce que tu ne puisses plus réfléchir. Je te connais, Brooke. Et tu me connais. On a reconnu notre attirance il y a longtemps. Peut-être qu'on n'est pas au fait de tous les détails qu'il y a à savoir sur l'autre, mais je sais ce que je veux. Les broutilles peuvent arriver plus tard.

Mon cœur s'agita quand je vis la détermination dans son regard. Chaque jour, je découvrais quelque chose de nouveau que je pouvais aimer chez Liam.

J'avais le sentiment que ça se passerait toujours ainsi.

Je soupirai.

— Merci, mon Dieu, dis-je en soufflant. Je n'allais plus tenir longtemps.

Je désirais implacablement Liam, et mon corps suppliait d'être soulagé depuis plusieurs jours.

— Pour le moment, je veux juste savoir que tu vas bien, répondit-il d'une voix rauque.

Je voyais bien qu'il était déterminé à prendre simplement soin de moi, mais j'avais besoin de plus qu'une épaule sur laquelle pleurer.

J'avais besoin de *lui*.

— Ne me repousse pas, ce soir, Liam, dis-je d'une voix calme.

Nos regards se croisèrent et ne se quittèrent plus. Mes yeux ne cachaient plus rien.

— Bon sang !

Il claqua une main sur le carrelage à côté de ma tête.

— J'ai envie de te soutenir, Brooke. Je veux t'aider à gérer toutes les conneries que tu dois digé…

Je posai mes doigts sur sa bouche.

— Pas maintenant. Je vais devoir m'habituer à tout ce qui a changé, mais pour le moment, plus que tout, je veux que tu me prennes.

J'avais douloureusement envie de lui. Il était ici. Il était réel. Et j'aimais cet homme plus que je ne pouvais réellement l'exprimer.

Son visage était féroce lorsqu'il répondit :

— Tes désirs sont des ordres.

Il captura ma bouche, et ma réaction fut instantanée. Nous nous embrassâmes comme deux personnes désespérées de se toucher, d'être ensemble de la façon la plus élémentaire possible. Je mourais d'envie de l'avoir, et j'étais passionnée à l'idée de toucher toute la peau que je pouvais atteindre.

Lorsqu'il relâcha mes lèvres, je haletai.

— Liam. Oh mon Dieu, j'ai tellement envie de toi.

Son expression était tendue lorsqu'il se tourna pour couper l'eau. Puis il me porta hors de la cabine de douche.

J'étais encore mouillée lorsqu'il posa mes fesses sur le bord de la baignoire.

— À moi, grogna-t-il. Tu as toujours été faite pour être à moi.

Je ne pouvais pas parler puisque je le voyais lécher chaque goutte sur ma poitrine, sa langue s'attaquant à mes tétons pour saisir l'eau qui menaçait de couleur sur mes cuisses.

Je gémis, attrapant sa tête. Néanmoins, il repoussa mes mains en s'agenouillant par terre pour écarter mes jambes.

Un élan de chaleur s'insinua entre mes cuisses. La vue de son visage dans une position si intime était si érotique que je dus fermer les yeux.

Je frissonnai en sentant son souffle chaud contre mon sexe, mon corps tendu parce que je savais ce qui allait arriver.

J'avais déjà couché avec d'autres hommes, mais aucun d'entre eux, peu importe qui ils étaient, n'avait eu l'air affamé pour moi. Je n'avais jamais été aussi à l'aise avec l'idée d'être vulnérable.

Mais en compagnie de Liam, je prenais tout ce qu'il me donnait. Je lui faisais confiance.

Je n'étais pas prête pour autant lorsque sa langue parcourut de haut en bas ma chair rose sensible, avant de rouler sur mon clitoris.

Je criai, un bruit insensé qui soulageait une part de la tension qui grandissait rapidement en moi.

Il ne m'accorda aucune pitié, sa bouche et sa langue dévorant chaque goutte d'humidité qui avait inondé mon sexe au moment où je m'étais rendu compte qu'*il* m'avait suivi dans la douche.

Il cherchait, explorait, me consumait, le faisant encore et encore jusqu'à ce que j'aie l'impression que mon corps ne m'appartenait plus.

Comme il venait de le déclarer, j'étais à *lui*, même si je sentais tout chaque fois qu'il me touchait.

Je passai mes doigts dans ses cheveux et m'y accrochai, ayant besoin de quelque chose pour me faire garder les pieds sur terre. Je sentis que j'étais prête à m'envoler.

Je m'appuyai contre le miroir, me sentant impuissante, ne pouvant faire autre chose que simplement ressentir.

— Liam, gémis-je.

Puis je resserrai mes mains dans ses cheveux.

— S'il te plaît.

J'avais besoin de plus. J'avais besoin de *quelque chose*, mais j'ignorais comment lui dire ce que je souhaitais désespérément.

Il n'avait cependant pas besoin d'instruction. Alors que ses mains se plaçaient sous mes fesses pour m'attirer contre sa bouche vorace, il se concentra sur la petite boule de nerfs qui palpitait pour attirer son attention.

— Oui, gémis-je. Oui.

Il grogna contre ma peau tremblante, comme s'il était enivré par le goût de mon sexe et qu'il avait besoin d'être nourri.

Mon corps répondit en se relâchant dans un orgasme puissant qui me laissa chancelante, chacune de mes émotions exposée.

Je n'avais pas le temps de songer à ma faiblesse, et Liam profita de ma vulnérabilité.

Il enroula mes jambes autour de sa taille, attendit que je verrouille mes bras derrière sa nuque et me porta ensuite jusqu'à la chambre.

— Toi aussi, tu es à moi, dis-je d'une voix sensuelle.

Je ne reconnaissais presque pas mon ton alors qu'il me posait sur le lit. Je n'avais jamais été possessive, mais je voulais le revendiquer comme étant *mien* avec une douleur si forte que c'était physiquement éprouvant.

Il me lança un regard possessif.

— Peut-être que je voulais le nier quand je pensais que tu appartenais à quelqu'un d'autre, mais je n'ai aucune envie de croire autre chose, maintenant, déclara-t-il d'une voix rauque.

Ses yeux verts étaient remplis de désir et brillaient de chaleur.

— J'étais à toi depuis le premier jour, quand tu m'as souri.

Oui, ces mots me donnèrent l'impression d'être un genre de séductrice, alors que je savais bien que je ne l'étais pas. Mais venant de Liam, cet aveu était sacrément canon.

Il m'avait rendue nerveuse dès le premier instant où je l'avais regardé.

— Bien, dis-je.

J'enroulai mes bras et mes jambes autour de lui, alors qu'il se plaçait au-dessus de moi.

— Je vais prendre ce qui m'appartient, le taquinai-je.

Il attendit pendant une seconde époustouflante, son membre ne me pénétrant pas encore alors qu'il baissait les yeux vers mon visage.

Il haussa un sourcil.

— Qui prend qui ?

Je levai mes hanches, me tendant pour l'accueillir en moi.

— Je m'en moque, répliquai-je d'une voix désespérée. Fais-le, c'est tout.

— Dis que tu es à moi, insista-t-il d'une voix grave et gutturale. Dis que tu vas rester avec moi, sinon je vais perdre la tête.

Je comprenais son urgence. J'ignorais comment j'allais survivre si nous n'étions pas ensemble. Pas maintenant que nous avions goûté ce que nous pouvions avoir en passant notre vie ensemble.

— Je suis à toi, bredouillai-je. Je serai toujours avec toi.

— Bien, déclara-t-il.

Il imita mon ton satisfait en répétant mes paroles.

Il entra ensuite en moi avec un coup de reins puissant, arrachant toute pensée hors de mon esprit.

— Liam, croassai-je.

Ma voix m'échappait alors que je le sentais s'enfoncer jusqu'à la garde, me remplissant au point que je ne puisse plus respirer.

— Tu vas bien ? demanda-t-il.

— Oui.

Je levai les hanches, savourant la sensation de nos corps joints si fermement. Liam était grand, mais mon corps l'acceptait comme si sa place était entre mes cuisses tremblantes.

— Je veux rester comme ça, grommela Liam. Parce que quand je ne suis pas en toi, j'ai envie d'y être.

Je relâchai un souffle tremblant et serrai mes jambes autour de ses hanches.

— Moi aussi, avouai-je.

L'alchimie puissante entre nous ne devrait jamais être niée.

— Malheureusement, j'ai plus envie de ça, ajouta-t-il d'une voix frustrée en se retirant puis en me pénétrant à nouveau.

Je désirais la même chose. Je voulais qu'il me baise jusqu'à ce que nous soyons tous les deux épuisés et satisfaits.

— Alors, fais-le, déclarai-je urgemment. Prends-moi, Liam.

J'avais envie de lui depuis toujours, comme je n'avais désiré aucun autre homme.

Il baissa la tête pour m'embrasser en commençant à faire des va-et-vient comme si c'était son seul souhait, sa langue entrant et se retirant dans le même rythme qu'il imposait avec sa verge.

Je lui griffai le dos avec mes ongles, désespérée à l'idée de le prendre autant que possible. Cette envie constamment présente en moi s'élevait et me poussait à bouger en même temps que lui.

Nos corps étaient toujours légèrement mouillés, et la chaleur de sa peau me marquait partout où il me touchait.

Je t'aime, Liam. Je t'aime tellement que je n'arrive pas à respirer.

J'avais envie de hurler ces mots, mais je n'étais pas vraiment sûre d'être prête à me dévoiler autant, métaphoriquement parlant. J'essayai donc de lui montrer à quel point j'avais besoin de lui avec mon corps. Je levai mes hanches, essayant de nous fusionner.

— Jouis pour moi, Brooke, m'intima-t-il.

Sa bouche s'éloigna de la mienne, sa voix était insistante alors que son corps puissant continuait de s'enfoncer en moi avec force.

L'entortillement serré au fond de moi commença à se dérouler.

Mon corps était physiquement épuisé à cause de ma longue journée et de mon précédent orgasme, mais je sentais tout de même la jouissance me traverser, une sensation dominante que je ne pouvais contrôler.

— Tu es si belle, déclara Liam.

Il baissa les yeux vers moi avec une expression féroce qui aurait dû légèrement m'effrayer, mais ce ne fut pas le cas.

C'était un moment cru et intime. Nous nous regardions tous les deux désespérément.

Lorsque je fermai enfin les yeux, ce fut parce que ma jouissance était si forte que j'étais comme l'esclave de tout ce que je ressentais et que je ne pouvais plus accepter davantage de stimulation.

Liam grogna quand mon sexe tremblant se serra autour de sa verge comme s'il voulait l'empêcher de partir.

Ses coups de reins devinrent plus forts, plus urgents, plus rapides, et je ne pouvais y répondre. Je m'agrippai donc à lui jusqu'au pic de mon orgasme.

— Liam, criai-je. Prends-moi plus fort.

Il s'enfonça en moi dans un dernier coup de reins immense alors qu'il grondait mon nom encore et encore en allant chercher sa propre jouissance.

Il passa ses bras autour de moi et nous fit rouler. Je me retrouvai alors étalée au-dessus de lui.

Aucun de nous ne parla alors que nous essayions lentement de reprendre notre souffle.

Finalement, Liam brisa le silence.

— Un jour, tu vas me tuer.

Je lui souris.

— Tu t'en plains ?

Il secoua doucement la tête, un sourire fendant son beau visage.

— Jamais.

Je bâillai en glissant pour m'installer à côté de lui, puis je me blottis contre son flanc.

— Tu es fatiguée, remarqua-t-il tristement.

Je posai ma tête sur son épaule.

— C'est ta faute, murmurai-je quand mes yeux se fermèrent.

— Ma faute, confirma-t-il en me caressant doucement les cheveux. Dors. C'était une dure journée.

— Plus maintenant, le contredis-je en fermant les yeux. Tu es là, maintenant.

— Je le serai toujours, répondit Liam de sa voix de baryton apaisante.

Je voulais savourer le moment. Apprécier le moment de bonheur suprême qui traversait mon corps.

Au lieu de ça, je soupirai et m'endormis.

Chapitre 16

Liam

Si tu fais du mal à ma sœur, je te tue.

Je tournai la tête pour regarder mon interlocuteur qui approchait, alors que je tendais la main vers une boisson protéinée dans le frigo de Brooke. Après la nuit précédente, j'avais besoin de toute l'énergie que je pouvais obtenir.

J'imaginais bien que lorsque je me trouverais dans un endroit rempli de Sinclair, l'un d'entre eux allait forcément me trouver seul et me menacer, mais les mots de Noah me surprirent tout de même lorsqu'il s'approcha.

Les frères et la sœur de Brooke étaient arrivés de bonne heure et de bonne humeur dans son appartement. Maintenant, nous étions en plein après-midi, et j'affrontais la réalité de ne pas pouvoir les pousser hors d'ici.

J'ouvris ma cannette, heureux qu'au moins, ils soient arrivés avec de quoi boire et manger.

Je fermai le frigo et m'appuyai contre le plan de travail.

— Qu'est-ce qui te fait penser que je vais lui faire du mal ?

Noah passa à côté de moi pour se servir une bière.

— Je n'ai pas dit que tu allais le faire, déclara-t-il d'une voix mécontente. C'est un avertissement.

J'avais découvert que Noah n'avait jamais grand-chose à dire, mais quand il parlait, c'était soit pour une menace, soit pour soutenir sa famille. Il avait également gardé le contrôle de ses frères et sœurs, mais au moins, il l'avait fait de façon à les encourager.

Je bus d'un trait la moitié de la cannette avant de répondre.

— Je comprends. J'ai une petite sœur.

Noah me lança un regard qui signifiait que je ne savais rien de ce qu'il avait traversé.

Et peut-être que c'était le cas.

Honnêtement, j'admirais ce mec, même s'il se comportait en crétin. Je ne pouvais imaginer ce que c'était de prendre soin de cinq frères et sœurs après la mort de sa mère.

Il décapsula sa bière et but quelques gorgées avant de répondre.

— Brooke a traversé beaucoup d'épreuves, et maintenant, elle doit gérer toutes ces conneries. Je veux que ce soit la dernière fois que je la voie en colère pendant au moins une décennie.

— Je ne veux plus jamais la voir pleurer, avouai-je.

Je me souvenais vivement de la manière dont mon cœur s'était brisé en un million de morceaux, hier soir, lorsque Brooke avait laissé sortir toute sa douleur et sa confusion.

— Mais ne va pas imaginer que je vais la laisser se faire contrôler à nouveau. Ce n'était pas ma faute si elle était en colère.

— Je ne la *contrôle* pas, cracha Noah.

Ses yeux brûlaient de colère et d'indignation.

— Conneries. Tu aurais pu lui raconter toute cette histoire avant.

J'avais moi-même mes griefs envers Noah Sinclair, mais j'étais prêt à les laisser tomber pour Brooke.

Il avait dû remplir de nombreux rôles dans la vie de sa famille, quand ils étaient plus jeunes. Je ne pourrais jamais dire que j'avais un jour dû vivre la même chose que lui.

Honnêtement, les membres du clan Sinclair avaient fait ce qu'ils pensaient être le mieux pour Brooke, mais je savais qu'elle leur en voulait de ne pas lui avoir tout avoué plus tôt.

— Je ne le pouvais pas, répliqua chaudement Noah. Tu penses que je n'ai pas agonisé à chaque décision que nous prenions pour elle. Elle n'était pas prête à gérer quoi que ce soit d'autre.

— C'est ce que tu crois, le défiai-je. Tu prenais des décisions pour une femme adulte. Brooke est bien plus forte que tu ne l'imagines.

— Je la vois toujours comme une petite fille, admit Noah.

— Elle ne l'est plus, l'informai-je sans hésiter.

— Je n'ai jamais voulu être son *père*. La dernière chose que je voulais, c'était contraindre mes frères et sœurs, dit Noah avec un air de remords. Je voulais simplement que toute ma famille aille bien.

Je voyais bien l'inquiétude sur son visage, ainsi que la lourde responsabilité qui semblait encore peser sur ses épaules.

— Je ne peux pas dire que je sais ce que tu ressens, lui dis-je. Mais je comprends que ça a dû être compliqué pour vous tous. Accorde-toi une pause. Tu as dû gérer beaucoup de choses. Mais tes frères et sœurs sont adultes, maintenant.

J'avais le sentiment que Noah devait commencer sa propre vie, quelque chose qu'il avait dû éviter de faire par le passé, pour le bien de sa famille.

Brooke m'avait raconté suffisamment de choses sur la façon dont elle avait été élevée pour que je comprenne l'enfer que Noah avait dû traverser quand il avait dû assumer la responsabilité d'une famille avec plusieurs enfants alors qu'il avait à peine l'âge de voter. Ils l'avaient compris et, en remerciement pour le sacrifice de Noah, ils avaient tous essayé de l'aider autant que possible.

Peu de personnes pouvaient faire ça en offrant un aussi bon avenir à leur famille, comme Noah l'avait fait.

Son visage était sombre lorsqu'il répondit :

— Tu n'imagines même pas. Je savais que si je ne pouvais pas entretenir la famille, je les perdrais. À certains moments dans ma vie, j'ai cru qu'ils seraient mieux avec une famille d'accueil ou s'ils se faisaient adopter. Mais je ne voyais pas comment ça pouvait arriver.

Je comprenais. Les enfants adoptés ou en familles d'accueil ne finissaient pas toujours heureux et n'avaient pas nécessairement de bons parents. C'était quitte ou double, et comme Noah, j'aurais été incapable de faire cela avec Tessa, si j'avais dû faire face à la même situation.

— Ils sont tous adultes, maintenant, mec, dis-je d'une voix calme. Tu as réussi, même sans l'aide du nom ou de l'argent des Sinclair. Tu dois en être fier.

J'avais rencontré tout le monde dans la matinée, à part Owen. Le plus jeune frère de Brooke était résident dans un hôpital hors de l'État.

Jade ressemblait terriblement à Brooke, mais elles n'étaient pas identiques. Et elles avaient toutes les deux une personnalité distincte. Mais je pouvais sentir la même gentillesse inhérente en Jade qu'en Brooke.

D'accord, Seth et Aiden étaient tous les deux des salauds, mais je savais qu'ils essayaient de protéger leurs sœurs à leur façon, même si c'était odieux.

Contre toute attente, tous les Sinclair californiens s'étaient révélés assez normaux, quoiqu'un peu bruts de décoffrage.

Noah passa une main dans ses cheveux sombres et me regarda en fronçant les sourcils.

— Je crois que j'ai un stress post-traumatique après les avoir élevés. C'est difficile d'arrêter.

J'imaginais que leur laisser un peu d'espace maintenant pour commettre leurs propres erreurs était difficile. Pendant tant d'années, Noah avait été un grand frère et un père de substitution. J'avais vu la façon dont il écoutait ce que ses frères et sœurs disaient ou comment il observait ce qu'ils faisaient, puis la manière dont il leur donnait des conseils. Il me faisait penser à Tessa et moi.

— Parfois, ils doivent apprendre par eux-mêmes. J'ai une sœur qui est devenue sourde à un très jeune âge. Nos parents sont morts dans un accident, donc j'étais tout ce qu'elle avait.

Noah but quelques gorgées de bière. Il lui fallut une minute pour réfléchir à une réponse.

— Si c'était arrivé à l'une de mes sœurs, je ne sais pas comment j'aurais réagi.

— Elle a récupéré son audition grâce à un implant cochléaire et elle a épousé l'un de tes cousins, Micah. Elle est heureuse, mais mes instincts protecteurs persistent, même alors qu'ils ne sont plus nécessaires.

— Je pense que Seth, Aiden et moi, nous aurons toujours l'impression que nous devons surveiller Brooke, Jade et Owen, me déclara-t-il tristement.

Je haussai les épaules.

— Ça ne disparaîtra jamais. Mais ça s'arrange avec le temps. En fin de compte, tu finiras par te rendre compte qu'ils sont tous adultes et capables de prendre soin d'eux.

— J'en doute, répondit Noah.

Je ne pensais pas que les frères de Brooke puissent un jour la considérer comme une femme, mais il était clair que je n'allais pas le mentionner à Noah.

— Je vais prendre soin d'elle, dis-je.

— Tu ferais mieux, grommela-t-il. Je vois la façon dont elle te regarde. Tu pourrais lui faire plus de mal que n'importe quel homme sur cette planète.

— Elle a aussi le pouvoir de me faire du mal, répondis-je. Je l'ai compris dès qu'elle a quitté Amesport.

— Je ne veux pas qu'elle déménage sur la côte est, maugréa-t-il.

— Ce sera sa décision.

Je ne souhaitais pas que sa famille l'influence.

— Je suis prêt à rester ici, avouai-je.

— Et ton restaurant ? Evan dit qu'il est dans ta famille depuis des générations.

Je haussai les épaules.

— Les priorités changent.

Si Brooke voulait vivre sur la côte ouest, j'étais plus que prêt à déménager. Elle était ma priorité. Gérer Sullivan's allait me manquer, mais j'avais assez d'argent pour me lancer ailleurs. Je pouvais même créer plusieurs restaurants, si je le voulais. Mais il n'y avait qu'une seule Brooke.

— Tu quitterais ta maison et ta sœur pour elle ? demanda-t-il prudemment.

J'acquiesçai sèchement. Il m'avait fallu un moment pour en venir à la conclusion que l'endroit où nous vivions n'avait pas d'importance. Je voulais simplement m'assurer que nous serions toujours *ensemble*.

— Tessa a Micah, et elle est indépendante, même si j'essaie de ne pas trop le remarquer. Ma sœur a une tonne d'amis, et elle aime la famille Sinclair qui vit à Amesport. Puis ce n'est pas comme si je ne pourrais jamais lui rendre visite, si elle avait besoin de moi.

— Et le restaurant ? interrogea Noah.

— J'allais engager un manager. J'aime m'en occuper moi-même, mais en fin de compte, ça n'a pas vraiment d'importance. Brooke est bien plus essentielle pour moi.

— Evan dit que tu es riche, déclara Noah.

Il m'étudia comme un spécimen sous microscope.

— Pas autant que Brooke avec son héritage, mais je ne pense pas que l'argent ait beaucoup d'importance. Ça n'a jamais eu une grande signification pour moi. Mais si elle perd tout demain, je peux m'occuper d'elle pour le reste de sa vie.

Noah grogna.

— J'imagine. À une certaine période, j'aurais été ravi qu'elle trouve un mec avec un bon métier. Maintenant, on est tatillon sur le fait d'être millionnaire ou milliardaire. Ça m'a l'air tellement ridicule.

Le frère de Brooke avait encore un peu de mal avec l'argent qu'il possédait désormais.

— Tu vas t'y habituer, le conseillai-je. Ça ne change pas qui tu es.

Il me lança un sourire maussade.

— Mais parfois, ça change les gens autour de nous.

Je secouai la tête.

— Pas si tu fréquentes les bonnes personnes.

— Mes demi-frères et ma demi-sœur à Amesport sont de bonnes personnes ?

Je savais que Noah essayait de me demander comment ils étaient, curieux quant à sa seconde famille.

— Ce sont toutes de bonnes personnes. Tu connais déjà Evan, et même si c'est un crétin, il prend soin de ses proches.

Peut-être que les frères et la sœur de Brooke étaient un peu rustres sur les bords. Peut-être qu'ils avaient grandi sans l'influence de l'argent. Mais ils allaient probablement beaucoup plus apprécier leur richesse puisqu'ils avaient été pauvres un jour.

— Evan peut être un idiot, répondit Noah. Mais ce n'est pas difficile de voir clair en lui. Il n'était pas obligé de nous inclure quand il s'est occupé de l'héritage de son père. Rien ne le forçait à se casser le cul pour faire évoluer notre fortune. Mais il l'a fait.

— Il aurait dû tenir au courant le reste de la famille, dis-je à Noah. J'imagine qu'ils ne seront pas très heureux quand ils vont découvrir votre existence alors qu'ils l'ont toujours ignorée.

Noah haussa les épaules.

— J'aurais fait la même chose. Ça aurait été inutile de les mettre sur les nerfs alors qu'ils n'arrivaient pas à trouver leurs demi-frères et sœurs.

Je lui lançai un sourire moqueur. Noah était accro au contrôle, même s'il ne voulait pas l'admettre. Il me faisait beaucoup penser à Evan, donc ce n'était pas surprenant qu'ils se comprennent.

Je changeai de sujet, revenant sur les menaces de mort initiales.

— Brooke sera heureuse, peu importe où l'on s'installe. Tu peux compter là-dessus.

— Tu es sûr qu'elle va rester avec toi ? demanda Noah après avoir terminé sa bière.

Non, je n'étais absolument pas certain que Brooke s'engage avec moi pour la vie, mais je devais croire qu'elle le ferait. Je ne vaudrais plus rien si elle ne le faisait pas.

— J'espère.

Je finis ma cannette et la jetai dans la poubelle. Noah fit de même d'un peu plus loin et atteignit parfaitement sa cible.

— Tu ferais mieux de la ramener souvent ici pour qu'elle nous rende visite, grommela-t-il.

— Comment tu sais qu'elle va repartir dans le Maine avec moi ? demandai-je.

Il me lança un regard entendu.

— Je la connais depuis beaucoup plus longtemps que toi, expliqua-t-il. Brooke a toujours été la jumelle la plus sensée. Jade pouvait facilement lui attirer des ennuis quand on était plus jeunes. Lorsqu'elles ont grandi, elles sont devenues… différentes.

— Comment ça ?

— Brooke n'était pas très intéressée par les hommes. Si elle appréciait un mec, la relation ne durait pas longtemps. Elle paraissait toujours attendre calmement quelque chose d'extraordinaire.

— Comme moi ? plaisantai-je.

— Elle attendait peut-être le bon, confirma Noah en passant totalement à côté de la blague.

— Et Jade ? demandai-je curieusement.

— Elle est complètement désabusée, répondit-il tristement. Elle a déjà souffert, donc elle n'accorde pas facilement sa confiance. Elle est toujours romantique quand cela concerne d'autres personnes, mais pas vraiment pour elle.

— Elle finira par trouver quelqu'un à qui faire confiance, le consolai-je. Tessa était pareille.

Ma sœur avait sacrément souffert, mais elle avait guéri lorsqu'elle avait trouvé Micah.

— Je veux que tous mes frères et sœurs soient heureux, expliqua Noah d'une voix tendue.

— Et toi ?

Je me rendis compte que Noah avait été tellement inquiet pour sa famille qu'il n'avait probablement jamais pris le temps de penser à son propre bonheur.

— Ça n'a pas d'importance, gronda-t-il. J'avais trop de responsabilités pour m'inquiéter de moi-même.

— C'est important, le contredis-je.

— Pas pour moi, répondit-il solennellement.

J'observai son expression s'adoucir quand je commençai à partir en direction du petit salon où se trouvaient davantage de Sinclair que je ne voulais en gérer pour le moment.

— C'est essentiel pour ta famille, déclarai-je doucement.

— J'ai remarqué, répondit-il d'une voix rocailleuse. Jade essaie de me caser avec chaque femme qui, selon elle, pourrait me rendre heureux. Elle ne comprend pas que je suis marié à mon entreprise, pour l'instant. Je veux mériter l'argent dont j'ai hérité.

Je ricanai.

— Tu étais déjà méritant à ta naissance.

— Evan et sa famille ont du succès, me contredit-il.

— Ça n'aurait peut-être pas été le cas s'ils n'étaient pas nés dans une famille riche. Tu ne peux pas comparer vos situations.

— Peut-être pas, confirma-t-il. Mais j'ai toujours voulu avoir ma propre entreprise florissante. J'ai cette opportunité, maintenant.

Le monde était grand ouvert pour Noah, comme il ne l'avait jamais été. Il pouvait être tout ce qu'il voulait. Même s'ils n'avaient pas été élevés de la même façon, je voyais des similitudes entre Evan et Noah. Le demi-frère d'Evan avait la même ambition et la même détermination que lui.

Alors que nous repartions dans le salon bondé, j'espérais simplement qu'il ne devienne pas un salaud comme son demi-frère.

Chapitre 17

Brooke

Je sais que la journée a été éprouvante, dis-je d'un air hésitant.

Je marchais main dans la main à Citrus Beach avec Liam.

Ma famille était *toujours* un peu trop écrasante quand nous étions tous ensemble au même endroit, mais les voir et leur parler avait été un soulagement pour moi. J'aurais aimé qu'Owen puisse être là, mais je savais que c'était impossible.

Je soupirai en regardant les vagues s'écraser sur la côte. Il n'y avait pas beaucoup de promeneurs sur la belle étendue de la plage que j'avais aimée quand j'étais plus jeune. Il faisait trop froid pour nager, et le temps était couvert, mais c'était agréable d'être dans un endroit familier.

Des choses avaient changé pour toute ma famille, et rien n'était comme je l'avais laissé. Néanmoins, tous les changements étaient positifs.

Noah montait lentement son petit empire.

Seth et Aiden semblaient un peu amers quant à ce que notre père avait fait à notre mère, mais je ne pouvais pas leur en vouloir. D'après moi, chacun d'entre nous détestait notre père et les conneries qu'il avait fait subir à maman en étant bigame.

Finalement, peut-être que nous finirions par voir les choses différemment, mais j'en doutais. J'espérais qu'un jour, Seth et Aiden puissent être un peu moins en colère quant à ce qu'il s'était passé. Ils étaient en affaires ensemble, maintenant, et ils paraissaient ravis de leur destin.

Jade était la seule qui semblait troublée, mais elle refusait de partager ce qui la tracassait.

Liam me serra la main en répondant :

— C'est ta famille. Je ne suis pas obligé de tous les aimer.

— Tu apprendras à les apprécier, le prévins-je avec un sourire.

Liam voyait mes frères et ma sœur sous le pire angle, maintenant. Mes frères étaient trop protecteurs. Mais lorsqu'ils unissaient leur force pour une cause commune, ils étaient clairement dangereux.

Liam s'arrêta et se retourna pour me regarder. Mon souffle se coupa alors que je l'observai, ses cheveux légèrement ébouriffés par la brise et son expression sinistre.

— Je n'ai pas vraiment appris à les connaître, expliqua-t-il. Mais j'en ai envie.

Je scrutai son visage. Je savais qu'il essayait de me dire quelque chose.

— Qu'est-ce que tu veux dire ? le sondai-je.

Mon cœur tambourinait à cause de l'anticipation.

— Je veux rester ici avec toi, Brooke. Je veux nous construire un beau foyer et élever nos enfants ici, si tu en veux.

Ma poitrine était douloureuse alors que je regardais son expression sincère. Je voulais des enfants, je n'avais simplement jamais trouvé le bon père, donc je n'y réfléchissais pas trop.

Je regardai Liam fouiller dans la poche de son jean, puis finalement trouver ce qu'il recherchait.

Il ouvrit la petite boîte, et le souffle que je retenais *m'échappa brusquement* quand je vis le diamant à l'intérieur.

Je regardai alternativement son visage et le bijou, mon cœur tambourinant dans mes oreilles.

— Je t'aime, Brooke, grommela-t-il. C'est probablement le cas depuis la première fois que je t'ai vue, mais je ne voulais pas y penser à ce moment-là. Je déteste que tu aies dû traverser ces épreuves, mais je veux avoir la chance de te montrer à quoi ressemble le véritable bonheur.

Il marqua une pause avant d'ajouter :

— Épouse-moi.

Le temps se figea pendant un moment alors que j'essayais de comprendre ce qu'il me demandait.

Il était prêt à rester ici pour moi ?

Il voulait que je sois sa femme ?

— Moi aussi, je t'aime, répondis-je rapidement.

J'étais soulagée de pouvoir formuler ce que je ressentais.

Soudain, il sourit d'un air malicieux.

— Tu sais combien de temps j'ai attendu pour entendre ça ?

— N-non, bredouillai-je.

J'étais toujours trop stupéfaite pour comprendre ce qu'il se passait.

Je savais que Liam tenait à moi, mais je ne m'étais pas attendue à ce qu'il me propose de quitter Amesport pour vivre en Californie.

— J'ai acheté ça à Boston, expliqua-t-il. C'est pour ça que je voulais y retourner.

Il leva la jolie bague hors de son écrin de velours et remit la boîte dans sa poche.

— Elle est magnifique, réussis-je à dire.

— Épouse-moi, répéta Liam d'un ton exigeant.

— On dirait que tu ne me poses pas la question, le taquinai-je.

Néanmoins, mes mains tremblaient, et mon cœur donnait l'impression qu'il allait voler hors de ma poitrine.

Liam allait toujours être exigeant, mais cela ne me dérangeait pas. Je savais ce qu'il y avait sous toute cette fanfaronnade. *L'homme qui a toujours* été *destiné* à *devenir mien.*

— J'imagine que je n'ai pas envie que tu puisses dire non, déclara-t-il d'une voix crue et gutturale.

— Je ne vais pas dire non, lui affirmai-je d'une voix tremblante. Je te réponds clairement *oui.*

Je me jetai à son cou, me délectant de la sensation de ses bras autour de moi.

Comment une femme était-elle censée réagir quand elle obtenait tout ce que son cœur désirait ?

Je me sentais libre, mais protégée.

Tout comme Liam, j'avais toujours senti la façon dont nous étions connectés.

Il était l'homme que j'attendais, mais les circonstances n'avaient simplement pas été les bonnes pour nous, au début.

— Je pense que je t'ai toujours attendu, déclarai-je dans un sanglot joyeux.

Il interrompit notre étreinte avant de m'embrasser, nos bouches se rencontrant et se mêlant avec une faim irréelle qui m'avait toujours consumée, à chaque fois que nous avions passé du temps ensemble.

Mon corps était instantanément prêt pour qu'il bouleverse mon monde, tout comme il le faisait à chaque fois qu'il me touchait.

Relâchant mes lèvres, il saisit mes épaules et me poussa.

— Je veux cette bague à ton doigt.

J'obéis en tendant ma main tremblante et retins mon souffle à nouveau alors qu'il tâtonnait pour passer l'anneau à mon doigt.

— Elle me va, déclarai-je quand je soufflai enfin.

— Bien sûr qu'elle te va. Tu pensais que j'allais te laisser l'enlever ? Mais mesurer la taille de ton doigt avec une ficelle quand tu dormais n'était vraiment pas facile.

Je ris, capable de visualiser à quel point il avait dû être frustré en essayant de manier la minuscule ficelle avec ses mains immenses. C'était aussi mignon qu'amusant.

— On peut l'échanger, si tu ne l'aimes pas, déclara-t-il.

Sa voix trahissait une nervosité qui ne lui ressemblait pas.

Je levai la main vers ma poitrine.

— Je l'aime, déclarai-je catégoriquement.

Je savais que je ne l'échangerais jamais pour une différente, même si je ne l'avais pas autant aimée. Je pouvais voir qu'il avait beaucoup réfléchi à cette sélection, et cela me mit les larmes aux yeux.

— Je t'aime, dit-il sincèrement.

Il saisit ma main gauche près de ma poitrine et la leva jusqu'à ses lèvres.

Les larmes coulèrent sur mes joues alors que je répondais instantanément :

— Je t'aime aussi.

Le grand homme magnifique devant moi était devenu mon tout. J'avais probablement su que c'était possible depuis le début, mais nous nous étions tous les deux dérobés.

D'une certaine façon, l'énormité de mon amour pour Liam était effrayante, mais j'étais prête à prendre le risque.

Il m'attira dans ses bras et me tint comme si j'étais la chose la plus précieuse du monde pour lui.

— Nom de Dieu, Brooke ! Je n'avais jamais prévu de te rencontrer.

— Peut-être que c'est pour ça que c'est si spécial, dis-je, près de son oreille, d'une voix larmoyante.

Nous restâmes silencieux pendant quelques instants, digérant tous les deux le fait que nous n'aurions plus jamais à être séparés.

Je ne le lâchai pas en murmurant.

— Je veux déménager à Amesport.

Liam se recula juste assez pour me regarder.

— Quoi ?

— Je veux retourner sur la côte est.

J'en étais venue à aimer cette petite ville côtière, et ce n'était pas comme si je ne pourrais pas obtenir de travail là-bas.

Bon sang, je pourrais même avoir ma propre entreprise, si je le voulais. Mon héritage m'ouvrait des portes sur des possibilités auxquelles je n'aurais jamais cru avant de devenir sacrément riche.

— Pourquoi veux-tu rentrer avec moi ? dit-il en me regardant d'un air incrédule.

— J'aime avoir les meilleurs *lobster rolls* du pays, plaisantai-je. Le café et les chocolats m'ont manqué.

— Mais ta famille…

— Ils seront là à chaque fois que je viendrai à la maison, et ils peuvent venir nous voir à Amesport. La fratrie voudra te rencontrer et connaître les Sinclair du Maine.

— Brooke, nous devons en parler…

— Non, lui assurai-je. J'aime ma famille, mais il est temps pour moi de faire ce qui *me* rend heureuse. Il n'y a pas de garantie que nous resterons tous ici de façon permanente. Nous devons vivre notre propre vie. Ce n'est pas comme si nous ne pouvions pas sauter dans un avion à chaque fois que nous voulions rendre visite aux uns ou aux autres.

— Tu en es sûre ?

J'acquiesçai.

— Quand on est passé à la banque, tout à l'heure, j'ai compris qu'il était temps de recommencer de zéro.

C'était peut-être ma ville natale, mais j'étais prête à déployer mes ailes et à voler. J'avais frissonné quand nous étions passés à côté de la scène du braquage, sachant que pour moi, ce serait toujours un endroit provoquant mon chagrin. Tout le monde pensait que la ville était revenue à la normale, après l'incident, mais cela ne serait jamais la même chose pour moi.

— Mauvais souvenirs, fit-il doucement alors qu'il repoussait une mèche de mon visage.

— Oui. Je pense qu'être ici me rappellera toujours ce qu'il s'est passé.

— Alors nous vivrons à Amesport.

— Ce n'est pas seulement à cause du braquage, le rassurai-je. Je veux être avec toi.

J'en étais venue à adorer Sullivan's, ainsi que toutes les personnes que j'y voyais régulièrement. Je voulais apprendre à connaître mes demi-frères et ma demi-sœur sans devoir dissimuler mon identité.

Je partageai toutes les raisons pour lesquelles je voulais retourner vivre à Amesport avec Liam pendant qu'il écoutait.

Lorsque j'eus terminé, il sembla soulagé quand il dit :

— Tu peux éviter d'apprendre à connaître Xander, me conseilla-t-il. C'est un salaud.

Je lui donnai un petit coup de poing dans l'épaule.

— Tu ne le penses pas, l'accusai-je. Tu ne passerais pas autant de temps avec lui si tu ne l'aimais pas.

— C'est un crétin.

Je ricanai, sachant que Xander et lui aimaient se chamailler.

— J'ai aussi de la famille là-bas, lui rappelai-je.

— Ouais, répondit-il tristement. Je sais que je vais devoir m'habituer à les voir souvent. Micah, ça ne me dérange pas, mais je pourrais me passer d'Evan.

Je lui lançai un large sourire. Je savais que peu importait à quel point il protestait, il accueillerait chacun d'entre eux pour moi.

— Je t'aime, Liam.

J'avais l'impression que mon cœur était prêt à exploser de joie, un sentiment auquel je n'étais clairement pas habituée.

Il m'embrassa révérencieusement sur le front.

— Moi aussi, je t'aime, chérie. Ne va pas t'imaginer que je ne sais pas à quel point je suis chanceux.

Moi aussi, j'avais de la chance, et j'allais passer le reste de ma vie à être reconnaissante envers cet homme qui avait été prêt à faire un si grand sacrifice pour moi, même si je ne l'avais pas accepté.

Je caressai sa joue recouverte d'une barbe de trois jours en suggérant :

— Rentrons à la maison.

— À Amesport ? demanda-t-il d'une voix rauque.

— Pour l'instant, on peut utiliser mon appartement.

Mon corps réclamait de voir l'homme que j'aimais nu.

— On pourra retourner à Amesport demain.

— On peut retourner dans l'est quand tu le voudras. Je ne suis pas contre te donner tout le temps dont tu as besoin, dit-il d'une voix rocailleuse. Enfin, pour le moment, je ne suis pas sûr de te laisser sortir du lit demain matin.

— Je ne suis pas certaine de vouloir en sortir, répondis-je.

Il me prit dans ses bras et me fit tourbillonner avant de me reposer par terre.

— On se débrouillera, dit-il.

Ses yeux me brûlaient alors qu'il me lançait un regard avide.

— Pour le moment, je veux que tu sois nue.

Il prit ma main, et nous commençâmes à marcher vers la voiture.

Heureusement, je voulais exactement la même chose que lui.

Jade

Je sus qu'il était là au moment où il entra dans le restaurant.

Je ne le vis pas, pourtant. Je n'en avais pas besoin. Sa présence provoquait un frisson de conscience qui parcourait ma colonne vertébrale, une sensation qui était si gênante que je devais m'obliger à ne pas me tortiller sur ma chaise.

Je reportai mon attention sur la grande table où ma famille était installée. Brooke avait repoussé son départ pour que nous puissions tous dîner ensemble avant qu'elle s'en aille.

Nous avions choisi un joli restaurant à San Diego, dont le propriétaire était Eli Stone. J'avais tout de même imaginé que les risques de le voir débarquer personnellement avaient été proches de zéro.

J'avais eu tort.

Bon sang. Qu'est-ce qu'il faisait ici ?

Bien sûr, il était le propriétaire de cet endroit, mais il avait de nombreux restaurants de classe mondiale.

Je tournai la tête et le cherchai du regard. Il ne me fallut pas longtemps pour le voir assis dans un box privé avec un autre homme en costume sur mesure. Je ne reconnus pas son ami, mais si j'en croyais ce que je voyais, il semblait tout aussi riche qu'Eli Stone.

— Jade ? Tu vas bien ?

J'ignorais depuis combien de temps ma jumelle me parlait, mais je retournai brusquement à la réalité quand j'entendis sa voix inquiète.

— Je vais bien, répondis-je immédiatement.

— Tu n'as pas l'air bien, observa-t-elle. On dirait que tu viens de voir un fantôme.

— Je pensais avoir vu quelqu'un que je connaissais, expliquai-je. Mais je me suis trompée.

Brooke était assise à côté de moi, son nouveau fiancé en face d'elle. Elle me lança un regard inquisiteur, mais je lui souris.

C'était la soirée de Brooke. Nous étions ici pour célébrer ses fiançailles. Je refusais de laisser un salaud en costume parfait gâcher mon repas.

Je détestais que Brooke aille vivre à l'autre bout du pays, mais j'étais prête à souffrir. Mon unique sœur était heureuse, et si je devais mettre mes fesses dans un avion pour lui rendre visite, cela ne me dérangeait pas. Cela vaudrait la peine, si elle restait aussi heureuse qu'elle l'était déjà, et aussi débordante de joie.

— Je m'inquiète pour toi, déclara Brooke, gênée.

— Ne t'en fais pas, insistai-je. Je vais bien.

Bon sang, qui ne se considérerait pas réellement béni en héritant d'une fortune ? Eli Stone n'était rien de plus qu'une maladie que je voulais exterminer. Me prendre la tête pour lui ne valait pas le coup.

— Je ne te crois pas. Il se passe quelque chose.

Brooke et moi avions toujours eu un lien digne de jumelles. Tout comme je voyais qu'elle était véritablement folle de joie à l'idée d'avoir trouvé l'homme de ses rêves, elle pouvait sentir que j'étais nerveuse.

Je haïs cette connexion, à cet instant.

— C'est à cause du boulot, répondis-je. Rien d'important.

J'adorais qualifier Eli Stone comme quelque chose qui n'avait aucune importance. Peut-être qu'il était insignifiant pour moi.

Brooke posa une main sur mon bras.

— Je vivrai peut-être loin de toi, mais je serai toujours là si tu as besoin de moi. Le trajet n'est plus vraiment un problème.

Je ris.

— Ce n'est pas un problème si tu as des sous pour voyager.

Je n'étais pas encore habituée à être milliardaire. Parfois, j'avais l'impression d'essayer de jouer un rôle qui ne me convenait pas. Mais j'aimais tenter ma chance, et je n'allais pas laisser un crétin comme Eli Stone se mettre en travers de mon chemin.

— C'est à cause de l'argent ? demanda Brooke.

J'acquiesçai.

— C'est bizarre, non ? Un jour, on lutte pour survivre, et le suivant, on vit un rêve.

— C'est étrange, mais d'une bonne façon, confirma Brooke.

Ma sœur reporta son attention sur Liam, et mes yeux se rivèrent sur le box où Eli était assis.

Je me détestais de l'avoir regardé, mais Eli Stone était comme un mauvais accident de train. Je n'aurais pas dû le fixer, mais je ne pouvais m'en empêcher.

Je sursautai quand je remarquai que son attention était tournée de mon côté. Nos regards se croisèrent, et, dans un salut silencieux il leva son verre qui, je le supposai, était rempli d'alcool fort.

Je tournai brusquement la tête vers ma famille, comme si l'agacement me brûlait.

Je n'aurais pas dû le regarder. Le sourire narquois sur son visage avait été plus irritant que chaleureux, comme s'il savait quelque chose que j'ignorais.

Non pas qu'Eli ait une quelconque envie que nous soyons amis. Il ne l'avait jamais voulu.

Nous étions ennemis. Comment le voir autrement que comme une menace ?

— Excusez-moi un moment, murmurai-je poliment en me levant de ma chaise.

— Quelque chose ne va pas ? me demanda Brooke en levant les yeux vers moi.

Je lui souris.

— Toilettes, dis-je simplement en laissant tomber ma serviette sur la table. Je reviens tout de suite.

J'avais besoin d'une minute pour me reprendre, donc je m'échappai de l'autre côté de la pièce et entrai dans des toilettes élégantes.

Je m'arrêtai devant le miroir et regardai fixement mon reflet.

La robe de cocktail noir que je portais coûtait plus cher que ce que la plupart des gens dépensaient pour s'acheter des vêtements pendant une décennie. Je l'avais adorée en l'essayant. Maintenant, je changeais d'avis en constatant qu'elle me laissait à moitié nue.

Je remis du rouge à lèvres et me lavai les mains, rien que pour avoir quelque chose à faire.

Je n'avais pas besoin de faire pipi. Cela avait simplement été une excuse pour échapper au regard pénétrant d'Eli.

Quand j'en eus terminé, je jetai le papier dans la poubelle et pris une grande inspiration.

Je ne peux pas le laisser m'atteindre.

Eli n'aimerait rien de plus que de me voir péter un plomb. Son objectif était de me voir plier, et je n'allais pas lui offrir cette satisfaction.

Ça n'arriverait pas.

Je devais ignorer les gens comme Eli Stone, des salauds riches qui pensaient être les maîtres du monde parce qu'ils avaient de l'argent.

Malheureusement, cela les rendait très difficiles à ignorer.

Je pris plusieurs inspirations pour me calmer, puis sortis des toilettes, déterminée à profiter de ma dernière soirée avec toute ma famille.

Eli était un crétin, et je ne pouvais changer ce que des années d'imprudence et de complaisance avaient fait de lui. Je ne voulais même pas essayer.

Je me glissai sur la chaise à notre table, essayant de ne pas attirer l'attention sur moi.

Il me fallut presque un effort surhumain pour ne plus regarder dans sa direction, mais je réussis à le faire. Quand nous nous levâmes pour partir, il n'était plus là.

Épilogue

Brooke

Deux mois plus tard…

J'avais reçu beaucoup d'aide pour planifier mon mariage.

J'avais parlé tous les jours à Jade par vidéoconférence, montrant des échantillons de ce que je voulais pour ma robe, mes gâteaux, mon traiteur, mes fleurs et tous les autres détails que j'ignorais avant sur les mariées.

En plus de cela, chaque femme Sinclair m'avait aidée. Au moins l'une des femmes de mes demi-frères avait été avec moi presque chaque jour, et souvent, elles étaient *toutes* avec moi, chez Liam, pour m'aider avec le planning.

J'avais abandonné mon appartement et emménagé avec Liam. Nous avions arrêté d'essayer de vivre dans des résidences séparées puisque nous étions ensemble presque tous les soirs et toutes les nuits.

J'étais devenue amie avec chaque femme de mes demi-frères, mais la relation que je chérissais le plus était celle que j'avais avec ma demi-sœur, Hope.

C'était elle qui m'avait aidée à traverser beaucoup des épreuves qui m'étaient arrivées. Après avoir entendu l'histoire de sa vie en tant que chasseuse de tempête avant d'épouser Jason, et l'horreur qu'elle avait endurée en étant dans un autre pays pendant un typhon, mes expériences m'avaient semblé presque fades. Enfin, Hope ne les avait jamais qualifiées autrement que de cauchemar pour moi. Elle avait été patiente, gentille et empathique, puisqu'elle-même avait connu ses propres traumatismes.

Mais ma demi-sœur était la preuve vivante que de bonnes choses pouvaient arriver après la tragédie.

Honnêtement, presque toutes les femmes Sinclair avaient subi leur propre enfer à un moment de leur vie, donc me lier avec elles s'était avéré simple. Elles étaient tellement concrètes, elles s'ouvraient si aisément que j'avais l'impression de les connaître depuis toujours.

Alors oui, parfois, ma famille de Californie me manquait, mais en avoir une autre à Amesport avait adouci la douleur du manque de ma sœur et de mes frères.

Mais maintenant, ils étaient *tous là.*

Je soupirai en regardant autour de moi le Youth Center d'Amesport, émerveillée par cette grande salle qui pouvait servir à tant de choses. Ma réception battait son plein, et la salle de bal était merveilleuse. Je devais remercier les hommes Sinclair pour ça. Ils avaient tous investi beaucoup d'argent dans ce centre délabré, s'assurant qu'il pourrait s'accommoder à de nombreux événements, des matchs de basket entre jeunes jusqu'aux fêtes de la ville.

Cela avait été le meilleur endroit pour la réception de mon mariage, puisque tant d'invités voulaient y assister. Rien que la famille Sinclair prenait énormément d'espace, et j'étais presque sûre qu'au moins la moitié de la ville était là. Liam et Tessa avaient grandi ici, et ils avaient beaucoup d'amis.

Mes frères, Liam et Hope étaient tous réunis à une grande table dans un coin, et, visiblement, ils s'entendaient bien. Lorsque je les regardais, tous ensemble, la ressemblance entre eux était parfaitement claire.

Je me demandai pourquoi je n'avais jamais soupçonné Evan. Mais j'avais déterminé que c'était difficile de voir quelque chose qui n'était même pas possible. Ou du moins, cela avait été trop improbable pour que je puisse découvrir la vérité. Je devinais que lorsqu'on ne recherchait rien, cela restait caché. Le cerveau était amusant, à sa façon.

J'avançai au milieu de la cohue, retournant dans la salle de bal après avoir passé un long moment à me demander comment faire pipi en robe de mariée. Cela n'avait pas été facile, mais j'avais finalement accompli cette tâche.

Le regard de Liam fut le premier que je trouvai dans la foule en retournant vers la table. Il releva la tête et se tourna pour me regarder avec un air chaud et possessif que j'avais appris à aimer passionnément.

C'était comme s'il ressentait ma présence, tout comme je pouvais le sentir lorsqu'il entrait dans une pièce. Nous nous perdîmes de vue quand j'avançai dans la cohue, mais la sensation de conscience ne disparut jamais.

Ces derniers mois, j'étais lentement devenue plus à l'aise dans ma peau, et j'apprenais à accepter que j'étais si riche que c'en était ridicule. Evan, une fois que nous nous fûmes réconciliés, avait été un mentor génial pour moi, alors que je commençais à créer ma fortune personnelle. Il avait été là pour me calmer quand je doutais de moi-même et de mes capacités à investir. Bon sang, lorsque j'investissais un nombre à sept ou huit chiffres dans différentes opportunités, même si j'avais fait des recherches dessus et découvert qu'il s'agissait d'un bon risque qui me rapporterait bien, tout était assez intimidant.

J'avais décidé de ne plus prendre de travail rien que pour travailler. Gérer ma propre richesse était suffisant pour m'occuper. Quand j'étais allée à l'université pour mon diplôme de finance, je n'avais jamais imaginé que je finirais par être mon propre investisseur. C'était à la fois libérateur et intimidant.

Evan m'aidait. Avoir ses conseils était inestimable. L'avoir en tant que frère était même mieux.

Je recevais une tonne de conseils de tous mes demi-frères. Chacun avait un esprit d'entrepreneur incroyable, tout comme le mari de Hope, Jason. J'étais comme une éponge qui absorbait tout ce qu'ils partageaient avec moi. Un jour, j'espérais être capable de rejoindre les Sinclair sorciers du business. Mais pour le moment, j'étais heureuse d'être une apprentie.

Étonnamment, j'avais découvert à quel point mes demi-frères étaient incroyablement généreux avec leur fortune, et combien ils étaient doués pour donner à des causes qui en valaient la peine afin de changer le monde. C'était probablement l'une des choses les plus satisfaisantes, quand on était milliardaire.

Liam me sourit quand j'atteignis enfin la table, se levant pour tirer la chaise à côté de la sienne.

Il était époustouflant dans son costume. Je me sentis fière en sentant qu'il était maintenant légalement à moi, avant de m'asseoir.

Je venais d'épouser un homme incroyable, et j'allais probablement me pincer pendant des semaines avant de m'habituer à être sa femme.

Liam *avait* décidé d'engager un manager pour Sullivan's. C'était bientôt la saison la plus importante, et il avait recruté plus de personnel, également. Non pas qu'il prévoyait de moins s'impliquer, mais il voulait se concentrer davantage sur l'expansion de son business plutôt que sur les tâches quotidiennes.

Liam s'installa à côté de moi.

— Je ne sais pas pour toi, mais je suis prêt pour la lune de miel, gronda-t-il à côté de mon oreille d'une voix qui n'était faite que pour moi.

Je me mordis la lèvre pour m'empêcher de rire alors que je me tournais pour le regarder.

— La réception a à peine commencé, lui rappelai-je. Et on ne part pas avant demain.

Nous allions partir un mois. J'avais voulu visiter tellement d'endroits pendant notre lune de miel que Liam les avait tous inclus. Nous allions faire un voyage incroyable autour de monde pour tous les voir, mais je savais que nous serions parfaitement à l'aise, puisque nous utiliserions le jet privé d'Evan.

— Ouais, donc on doit aller se coucher tôt pour se reposer, dit-il d'une voix rauque.

Je ris cette fois-ci. Je ne pus m'en empêcher.

— Liam, il est à peine dix-sept heures, et je meurs de faim. Est-ce qu'on peut au moins attendre de manger le dîner et le gâteau ?

— Je peux attendre, alors, déclara-t-il immédiatement.

Son regard parcourut amoureusement mon corps.

Je l'embrassai lentement et passionnément, ce qui me donna envie d'avoir cet homme glorieusement nu pour l'embrasser de la façon dont je le voulais à l'instant. Si je voulais quelque chose, il était toujours patient. Mon cœur en était douloureux, il était prêt à faire passer mes envies et mes besoins avant les siens. Je n'en profitais pas, parce que j'étais prête à faire la même chose pour lui. Mais il y avait quelque chose de si doux chez un homme qui donnait tellement pour vous rendre heureuse.

— Merci de m'attendre, répliquai-je, essoufflée.

Ma voix avait une touche d'humour.

— Je t'attendrai toujours, Brooke. J'ai l'impression que je t'ai déjà attendue une éternité, répondit-il d'une petite voix.

Il passa un bras autour de moi.

Je soupirai en sentant la chaleur de son corps immense à côté de moi.

— Moi aussi, murmurai-je.

Ma sœur Jade se fraya un chemin dans la foule, et elle rougit en s'asseyant sur sa chaise en face de moi.

Ses joues étaient aussi écarlates qu'une tomate mûre alors qu'elle prenait une grande gorgée de sa boisson.

Je me penchai au-dessus de la table en demandant :

— Tu vas bien ? Tu es toute rouge.

Elle leva une main vers sa joue, comme si elle essayait de chasser la chaleur de sa peau.

— Je vais bien, cracha-t-elle. Je ne savais pas qu'Eli Stone venait.

J'avais rencontré le milliardaire excentrique juste après la cérémonie.

— Il est ami avec la plupart des Sinclair, ici, à Amesport. Je ne savais pas non plus qu'il venait. Mais il semblait assez gentil.

Une chose que j'avais apprise sur les riches, c'était que la plupart d'entre eux se connaissaient, et souvent, ils étaient amis. Sinon, ils se détestaient. J'étais presque sûre que mes demi-frères et ma demi-sœur connaissaient tous ces riches parce qu'ils avaient grandi ainsi. Peut-être que les autres personnes possédant de l'argent étaient les seules à qui je pouvais faire confiance.

— Je le déteste, déclara Jade avec véhémence. On ne peut même pas être cordial l'un envers l'autre.

— Pourquoi ? demandai-je.

Elle secoua la tête, comme si elle regrettait son éclat de colère.

— Ce n'est rien. Je ne suis pas obligée de lui reparler, rétorqua-t-elle d'un ton plus calme.

— Est-ce qu'il a fait quelque chose pour te vexer ? demanda Liam.

Il avait l'air agacé qu'un invité du mariage ait pu mettre ma sœur en colère.

Jade et Liam avaient appris à se connaître au fil des mois, et ils avaient à présent un respect et une affection mutuels. Si quelqu'un faisait du mal à ma jumelle, il était déterminé à arranger les choses.

— Non. Vraiment, je vais bien, répondit Jade. Il m'énerve, c'est tout. Mais je ne vais pas laisser un mec riche, prétentieux et arrogant me mettre sur les nerfs.

Elle me lança un sourire un peu trop étincelant.

— C'est une journée spéciale.

Ses lèvres souriaient, mais ses yeux montraient qu'elle était troublée. Je m'inquiétais pour Jade, mais jusqu'à ce que je puisse lui parler de ce qui la tracassait vraiment, je ne pouvais pas faire grand-chose.

— Les amoureux, vous devez dire au traiteur d'amener à manger. Je meurs de faim, suggéra Aiden d'une voix forte et tonitruante à l'autre bout de la table.

— Quand est-ce que tu ne meurs pas de faim ? déclara sèchement Liam.

Il fit tout de même signe aux serveurs de commencer le service.

— Est-ce qu'il arrête parfois de manger ? me demanda Liam d'un ton plus calme.

Je souris. Tous mes frères pouvaient manger comme des ours.

— Non. Ils sont comme ça depuis aussi longtemps que je m'en souvienne.

Je ne mentionnai pas toutes les fois où mes grands frères avaient sacrifié leur repas pour Jade Owen et moi. Ils rattrapaient le temps perdu, maintenant qu'ils n'avaient plus à s'inquiéter d'avoir assez à manger pour toute la famille.

— Je suis ravi d'avoir commandé un supplément, déclara-t-il avec bonhomie.

Il avait payé pour avoir un tas de choses, plus que ce que mes frères pouvaient manger. Et il l'avait fait parce qu'il savait à quel point ils adoraient la bonne chère.

— Je t'aime, laissai-je échapper en me retournant pour le regarder.

Mon cœur était dans ma gorge alors que je me disais à quel point j'étais chanceuse d'avoir un homme qui tenait autant à ma famille.

— Hé, qu'est-ce qui ne va pas ? demanda Liam en voyant une larme couler sur ma joue.

Je secouai la tête et l'essuyai.

— Rien. Je me demandais ce que j'avais fait dans ma vie pour mériter un homme comme toi.

Il me sourit en inclinant mon menton pour regarder mon visage.

— Rien. Tu n'avais pas besoin de faire quoi que ce soit. Tu devais simplement être toi. Et pour information, je t'aime aussi.

Je savais qu'il m'aimait. Il le prouvait avec ses actions ainsi que ses mots. J'observai son beau visage, réalisant une nouvelle fois à quel point il était beau dans son costume chic.

— Peut-être qu'on peut sauter le dessert, dis-je.

Il parla assez fort pour que je sois la seule à pouvoir entendre.

Soudain, je me fichais de savoir si nous mangerions ou non. Je voulais ramener Liam à la maison et le déshabiller entièrement jusqu'à pouvoir toucher sa peau réchauffée. Les mots ne semblaient pas suffisants pour l'instant. Je… le voulais. J'avais besoin de lui montrer que je l'aimais en plus de lui dire à voix haute.

Il rit. Ce bruit fort, profond et réellement amusé, faisait fondre mon cœur.

— Ma chérie, on peut manger, avant.

Je passai mes bras autour de son cou.

— Je ne pense pas pouvoir attendre, chuchotai-je contre son oreille.

— Tu as faim…

— J'en veux plus, dis-je avec ma bouche près de son oreille.

— Merde ! dit-il d'une petite voix frustrée. J'ai vu des pièces vides quand on avançait vers la salle de bal, mais ce n'est pas exactement comme ça que j'avais prévu notre première fois en tant que mari et femme.

— On pourra revenir avant que nos plats soient froids, lui déclarai-je d'un air suggestif.

Je n'avais pas besoin d'une lune de miel parfaite. Je n'avais besoin que de Liam.

Je sentis ses épaules se tendre sous mes bras.

— Tu te sens audacieuse ? demanda-t-il d'une voix rauque.

— Très.

Il se leva sans que j'insiste davantage. Je vis l'éclat malicieux dans ses yeux alors qu'il m'aidait à me lever également.

— On va revenir pour que je puisse te donner à manger, affirma-t-il. On ne peut pas partir trop longtemps.

— J'imagine que je peux attendre.

Même si j'avais toujours urgemment envie d'être seule avec lui.

— Oui, eh bien, je ne peux pas, dit-il d'une voix rauque en m'attirant vers la sortie la plus proche.

— Considère que c'est un avant-goût de ce qui arrivera plus tard.

Je ris en voyant les yeux écarquillés de ma famille, alors que Liam me tirait résolument hors de notre réception de mariage.

— On revient, criai-je joyeusement par-dessus mon épaule vers la table de mes frères et sœurs.

Plus tard, je me souviendrais de ce moment comme de la plus joyeuse et la plus belle réception que j'aurais pu avoir, même si Liam et moi eûmes besoin de faire réchauffer notre dîner.

Mais je n'allais pas me plaindre.

Mon nouveau mari valait terriblement la peine que je fasse ce sacrifice.

~Fin~

Remerciements

Comme toujours, merci à mon éditrice Maria Gomez et toute l'équipe de Montlake Romance pour leur soutien continu aux Sinclair. J'aime écrire cette série et je suis tellement reconnaissante d'avoir autant de personnes à Montlake qui tiennent à mes livres autant que moi.

À mon équipe KA personnelle… vous êtes les meilleurs. Merci pour tout ce que vous faites pour moi tous les jours pour que je puisse me concentrer sur l'écriture.

À mes Gems et tous les blogueurs qui organisent la promotion de mes nouvelles sorties et ventes… mesdames, vous m'impressionnez à chaque nouveau livre. Merci d'être aussi incroyables.

Un immense câlin à mes lecteurs qui me permettent de continuer à faire ce que j'aime !

Xxx Jan

L'obsession du milliardaire :

L'obsession du milliardaire ~ Simon (L'obsession du milliardaire, tome 1)
Le cœur du milliardaire ~ Sam (L'obsession du milliardaire, tome 2)
Le salut du milliardaire ~ Max (L'obsession du milliardaire, tome 3)
Le jeu du milliardaire ~ Kade (L'obsession du milliardaire, tome 4)
L'éveil du milliardaire ~ Travis (L'obsession du milliardaire, tome 5)
Le milliardaire démasqué ~ Jason (L'obsession du milliardaire, tome 6)
Le milliardaire indomptable ~ Tate (L'obsession du milliardaire, tome 7)
La milliardaire libérée ~ Chloé (L'obsession du milliardaire, tome 8)

Les Sinclair :

Un milliardaire pas comme les autres (Les Sinclair t. 1)
Le milliardaire défendu (Les Sinclair t. 2)
La Caresse du milliardaire (Les Sinclair t. 3)
L'Appel du milliardaire (Les Sinclair t. 4)